文学ときどき酒

丸谷才一対談集

丸 谷 才 一

中央公論新社

目　次

文学ときどき酒　丸谷才一対談集

読むこと書くこと

吉田健一
丸谷才一

本を読む楽しみ

丸谷　吉田さんはこの一年「朝日新聞」の文芸時評を担当なさったわけですが、その苦心談をうかがうところから、話に入りましょうか。

吉田　べつに苦心なんてしなかったんですよ。非常に楽しかったなあ。一つには、文芸時評ってのは分量的にすくないから、端的にものが言いやすいんですね。普通だと枚数が多くて説明するのが面倒なことでも、文芸時評だと言いやすい。それからもう一つ、材料の問題ね。これはさんざん書いてきたことだけど、雑誌ってものはまずつまらないもんだ。目次をざっと見れば、面白いかどうかすぐわかりますよ。ところがないんだよ、面白いものがほとんど雑誌には。そのかわり、読むに足る本がこのごろずいぶん出るようになりましたね。それで、月々取り上げるものには不足しなかった。

丸谷　つまり、いまの日本の文学的状況につきあって、決して失望するにあたらないという感想をお持ちになったというわけですね。

吉田　文芸時評をやったからそう思ったわけじゃない。前からそう思っていましたよ。とくにそれがこのごろよくなってきたってことじゃないかしら。

丸谷　ぼくが言いたかったのは、いい本がたくさん出ることに、喜んでらっしゃる、という感じがしたってことなんですが。

吉田　ほんとにそうなんだよ。もし十五年前だったら、あんな文芸時評ができたかしら。取り上げる本がなかったと思う。昔はいい本がなかったということじゃなくて、本といえば決って小説だったでしょう。それでなければ文芸評論。そのどちらでもないものなんて、まず出なかったもの。

丸谷　日本の文学の読者の質が上ったというのかな。それとも高級な読者の数がふえたということでしょうか。まあ、同じことですけど。

吉田　そうね。そういう読者が昔はいなかったんじゃなくて、彼らはほかのものを読んでいたんだな。日本のいわゆる文学なんて、彼らに関心がないのは当り前さ。日本のいわゆる文学の読者って、ほとんど学生でしょう。ちょうど文学を始めたころのわれわれと同じ青二才ですよ。そんな者ばかりにたよってはいられないと、出版社のほうで考えたのかな。それとも、いわゆる文学でない本をたまたま出してみたら、ちゃんと読者がいることがわかったからなのかもしれない。

丸谷　いずれにしても、以前に比べて、非常に条件がよくなってきていると思います。今の日本では、悲観する議論を言うと褒められて、こういう楽観的な意見は非文学的みたいに思われる傾向があるけれど、でも本当のことを曲げてまで文学的に見せかける必要はないから……。

吉田　こういう状態になってきたもう一つの理由に、戦後の全集ブームが関係あると思いませんか。一時何とか全集やら何とか大系やらが次々と出て、しかも数十万という単位で売れた。買った人すべてが読者とはいえないでしょうが、その何十分の一かの人は、本って案外面白いものだと思ったに違いない。

丸谷　また、買った当人は読まなくても、その家族が読むということもある。つまりツンドクにもそれなりの効用がないわけじゃないんですね。

吉田　読者が育つという上で、戦後の全集ブームの果した役割は大きかったと思います。

丸谷　ごく普通に本を読むという習慣が定着してきたといえるでしょうね。

吉田　文学すなわち本でしょう。なにも文学文学って言うことはないんだよ。

変る雑誌の性格

丸谷　本を読むことの条件がそういう具合に整ってくると、雑誌の性格が変ってくると思うんですよ。本来、雑誌というのは、本を読む人の一部が、本を読むことへの味つけとして、あるいは気勢をつけるものとして読むものでしょう。そういう、本と雑誌の関係が、日本ではいままで逆転していましたね。雑誌が一番立派なもので、本はその次に来る何かもっと低いものという具合だった。

吉田　昔は本はめったに出なかったもの。だから出版記念会なんて不思議なことをやっていたわけだよ。ただ、それは出版界ひいては日本の経済状態の問題でもあって、つまり、雑誌のほうが値段が安いから、読者も出版社も雑誌を第一にしたわけでしょう。しかし事情はともあれ、とにかく関係が逆でしたね。

丸谷　その関係がようやく正常な状態に戻りつつあるという感じがしますね。

吉田　戻るってより、明治以降初めて達した。

丸谷　本と雑誌が両方あって、雑誌が本に勢いをつける、刺戟を与えるようになるのが非常に望ましいと、ぼくは考えているんですよ。つまり、雑誌を否定する立場じゃないわけです。でも、その場合に、文芸雑誌はいまよりもずっと批評が中心になるべきじゃないでしょうか。

吉田　文芸雑誌ってのは批評中心のものですよ。批評のほうが短くて言えるからさ。小説だと、短篇はともかくとして、長篇は雑誌に向かないでしょう。

丸谷　批評以外では、詩でしょうね。

吉田　およびそれに類したもの。
丸谷　わかりやすく言ってしまえば、ある種の短篇小説ということになりますね。気のきいた話、スケッチ、幻想的なもの……。まあいろいろあるけれど。
吉田　実際そういうものを載せた雑誌をつくってみたらいい。読者は喜ぶだろうと思いますね。
丸谷　本ではできない作用が雑誌にはあるわけですからね。
吉田　そうよ。話はちょっと高級になるけど、ご馳走ってものがあるでしょう。本式に食べるとなると大変なもので、西洋なら、前菜に始まり、コーヒー、コニャックまでいく。それじゃ大変だから、前菜とスープだけの店はないものかと思うんだよ。これは実に気の利いた店でしょう。雑誌って本来そういうものじゃないかしら。一冊の雑誌で全部やろうとしている限り、だめだけど。最近の季刊文芸誌がその線をある程度ねらっている。ただ、いまの季刊誌は重過ぎるのが欠点だね。
丸谷　何か勉強の雑誌みたいで。
吉田　本みたいなところもある。「波」程度の分量でいい。せいぜいその三倍までの薄さだな。これは楽しい夢ですよ。
丸谷　ごく近い将来、そうなるんじゃないでしょうか。そんな気がしますね。
吉田　そうなれば、文学、いやな言葉だけど、この文学の中心が本になり、雑誌が本来の姿になれば、いろんなことが全く変ってくるでしょうね。

陰惨なる百年

吉田　新聞や雑誌でいま現に使われている文学って言葉ね、あれから受ける印象は、暗いというのか、わけがわかりませんね。

丸谷　とても陰惨な感じでしょう。

吉田　じゃ何のために読んだり、書いたりするんだい。

丸谷　あの陰惨な文学観って、ぼくは昔からよくわからない。つまり、文学がそんなにいやなものなら、ぼくはやらないですね。ところが、暗い顔をしながら、その実喜んでやっている。それが不思議でしょうがない。

吉田　中村光夫さんの説明を聞くと、明治以降なぜそうだったかよくわかる。でも、おかしいと思うよ、百年一日のごとくそれを守っているなんて。ぼくがものを書き始めたころなんてひどいものだった。けど、そこにたとえば鷗外という存在があるのが、ちょっとわからない。鷗外の史伝を新聞が蜿々と載せたころまでは、時代がよかったのかしら。

丸谷　江戸時代は大変立派な文明があって、それが残ってたんでしょうね。でも、いまの日本でそれが残っているのは、長崎の料理くらいしかないといったような感じだなあ。

吉田　文学という言葉がいつごろから使われているか調べたらね、明治以前にも使われているんだけど、これはもっと広範な意味で、今われわれが使っているのとはちょっと違うんだな。それで思うんだけど、どうして文芸という言葉があるのに、文学ってしてしたんだろう。やっぱり淋しかったのかな、芸人と思われて（笑）。

丸谷　遊芸みたいなひびきがあったんじゃないのかな。

吉田　そこにすでに陰惨な感じが出ているじゃないですか。芸術ってものが、日本であんなにもありがたがられているところが問題だよ。芸術至上主義だなんて、そんな強い言葉は外国にはないでしょう。

丸谷　芸術のための芸術というのと芸術至上というのじゃ、意味が違いますものね。

吉田　芸術の重々しさって、何だい、ありゃ。芸術といえば、美術とか音楽でしょう。美を追求することはたしかだな。すると文学ってのは、真実が楽しみ……。

丸谷　その真実の正体が問題ですね。陰惨なものだけが真実だと考えたとき、あの自然主義的文学観が出て来たわけでしょう。

吉田　明治維新がいかにひどい革命だったかわかるな。

丸谷　近ごろ思うんですけど、革命というのはやはりやらないほうがいいですね、しなくてすむものなら。

吉田　もちろんそうよ。

丸谷　ものすごく大きな不幸をその時代の人間にもたらしますからね。

吉田 まあ、災害と見なきゃ。望んで起したにしろ、やむなくにしろさ。ともかく大変なことだもの。だって、いまだに文士が、文学とはって、暗い顔しているんだから。

丸谷 明治維新の災害のなかに、われわれも入っている。つまり、われわれも明治維新の同時代人なんですね。

吉田 一所懸命われわれはその収拾に努力しているんじゃないですか。

丸谷 善後策を講じている（笑）。

吉田 志士たちの遺志を継いで（笑）。革命の最終目的は、明らかに元に戻すことですからね。

丸谷 ごく健全な文明の条件に帰ることですよね。

吉田 明治百年を経て、当り前の世の中になろうとしている。父祖の流血が実った（笑）、まがりなりにもね。

丸谷 まがりなりと言ったって、これがまたむずかしい（笑）。この百年の歴史は、全く類例のないものでしょう。

吉田 われわれは明治維新の志士の末の末かもしれない。かもしれないじゃなくて、事実そうだ。じゃ、あの暗い顔している連中は、みな反革命じゃないか。保守反動の輩だ（笑）。

滑稽感について

吉田　丸谷さんの『たった一人の反乱』について、みなきまってユーモアというでしょう。なんだろう、あれ。陰惨な文学のせいかしら。まるで異端の物質みたいにさ。ユーモアって、ただ滑稽感というほどのものでしょ。それがなくて小説が書けるのかねえ。ストレイチーがドストエフスキーの滑稽感について書いていたけど、あんまり日本じゃ指摘されないことだね。当り前のことなのに。

丸谷　ぼくの若いころの愛読書に、ドストエフスキーの初期の滑稽小説があって、『たった一人の反乱』にもその影響が出ているんじゃないかと思ってましたら、秋山駿さんだったかな、それを論じてました。ぼくの好きなドストエフスキーの作品は、後期の深刻なものより、初期の滑稽な小説ですね。

吉田　ドストエフスキーの深刻な作品は、ベートーベンと同じでしょ。ベートーベンの音楽は、聴くとがちゃがちゃになっちまう。ドストエフスキーも読むとがちゃがちゃになりますね。

丸谷　だからぼくも、初期の滑稽なもののほうが好きなんですよ。

吉田　滑稽感、笑い、そういうものがなきゃ、ことに小説なんて様にならないじゃない。

丸谷　そうなんです。普通の人間ならみんな滑稽なものだし、また、そういう人間が登場する世界だからこそ、ついでに信用するというものでしょう、小説って。

吉田　どうしても深刻でやりたきゃ、その上でしかやりようがないよ。でなきゃ、それは嘘っ八になるんだもの。

丸谷　深刻というのは、宙に浮いていることではなくて、地面からずっと続いていることですよ。それでなければ、お話にならない。

吉田　そういう初歩のことが、どこかへいっちゃってるんだな。

小説と社会

吉田　ロシアの外のヨーロッパでは、ドストエフスキーの作品に滑稽感のあることを、初めから気がついていたらしいな。だから、よくディケンズと比較されたりした。

丸谷　ぼくはドストエフスキーを読んだときに、ああこれはディケンズの弟子だなと思いました。もっとも、ぼくがドストエフスキーを読む前に読んだディケンズというのは本物じゃなくて、いや、翻訳でもなくて、『ディケンズ物語全集』という翻案物だったんですけど。でも、それでもわかりましたよ。ドストエフスキーはむちゃくちゃにセンチメンタルなものと、むちゃくちゃに喜劇的なものが、非常に無遠慮に出ていて、ディケンズそっくりですね。弟子なんだから当り前ですけど。ただ、ディケンズの背景には、イギリスの社会があるわけですけど、ドストエフスキーにはそれに当るものがない。彼の作品を支える社会がロシアにはないものだから、どうしても観念にたよるほかなかったんじゃないでしょうか。

吉田　社会があるか、ないかってことね。日本の場合はどうだろう。

丸谷　日本に近代ヨーロッパにおけるような社会があったとは言えないでしょう。あると思ってかかったら間違いです。でも、戦前の日本の状態と、いまの日本の状態を全く同じと考えて、戦前の日本を書いた方法をそのまま受け継いで、いまの日本を書こうとしても、これもまただめでしょうね。

吉田　日本はまだ社会があるというところまでいっていない。明治以前は明らかにあった。でも、それは壊しちまった。ただね、様々な変遷を通って、これからできていくのじゃないかと思う。どういうものか予測はできないけど、とにかく社会ってものが。

丸谷　そうでしょうね。

吉田　社会というのはあるかないか、どちらかですよ。いい社会とか悪い社会とかじゃない。あるかないかだ。そうすると、いまのところまだ日本に社会はない。それが小説を書きにくい理由の一つじゃないかな。

丸谷　先日吉田さんが「すばる」に発表なすった小説『本当のような話』のなかに、友達から来た手紙のように読めないなら、本を読む意味はないという言葉がありましたね。

吉田　それは名言だ、書いた覚えはないけど（笑）。

丸谷　吉田さんの台詞《せりふ》じゃなくて、作中人物が言うわけですよ。これはかなり優秀な作中人物で（笑）。

吉田　だれが言ったにせよ、それはそういうものでしょう。本について言えば、それ以外に言いようがない。それがいままではどうもそうなっていなかった。

丸谷　いい手紙を書いてくれる友達が、すぐそばにいるかいないかが、文明の高さの問題でしょう。

吉田　それから、社会があるかどうかということでしょうね。

丸谷　社会がなければ手紙も届かない。もし社会がなければ、われわれはどういうふうにして小説を書くかが、まさに問題となりますね。戦前の日本の小説家は、社会があると錯覚する技術を営々として築いたと思う。あるいは、社会というものは小説とは関係のないものだという覚悟をつくった。ところが、現在では、そういう技術や覚悟では小説が書けない状況になっちゃった。もう一つ別の、社会でないものが出て来たからです。ですからわれわれは、別の覚悟、別の技術を要求されているように思いますね。

友達のために書く

丸谷　いまの世の中のように、ものの感じ方がひどく揺れ動いていて、明日はどうなるかわからない、板子一枚下は地獄みたいな時代に、いちおう読者に応えることのできるのは、小説というより、文明論とか歴史の本だというようなことはありませんか。

吉田　大事なことはね、状況がそうであるからといって、それを煽るようなことを書けばいいと思ったら、これは大間違いだということでしょう。

丸谷　だからこそいまの文学者の仕事には、安定した文明と危機的なものとの関わりを書くことが要求されているんじゃないかな。

吉田　さらに言えば、文学は絶対に安定のほうに中心が合うんですよ。安定なくして、文学も伝統もありゃしない。とにもかくにも日本の文学が続いてきたのは、何らかの安定があったからだし、また、人がそれを求めたからですよ。人は必ず安定した言葉を求めます。それを、時代の表現なんてことを考えていたら、おしまいなんだ。

丸谷　それにしても、われわれは小説を仕立てにくい世の中に生きていると思うなあ。いままでの小説家だって、もちろん小説を仕立てにくい世の中に生きていると思って書いていたでしょう。鷗外だって、漱石だって、荷風だってね。だからそれはしかたないことなんだけれど……。

吉田　こういうことは言えませんか。当時は千人程度の読者が相手だった。現在とのその違いが、小説の書きにくい理由の一つじゃないかしら。どうでもいいかな、そんなこと。

丸谷　別に何万人を相手にする必要はないでしょう。たとえばぼくの場合、読者はまあ多目に見つもって一万人、でもぼくはその一万人のために書いているつもりはないんです。

ぼくの友達を、読者と考えて書けばいいと思うんですよ。その点、ぼくには優秀な友達がいるから、非常に楽だな。

吉田　それは至言である。たとえその友達が十人であっても、ある意味で、やっぱりそれは社会があるってことだからね。

丸谷　そうなんですよ、全く。

吉田　ただ、それだけでは社会がほんとうにあることにはならない。結局、ものを書くむずかしさは、そこにあるでしょうね。

丸谷　もっと社会の層が厚ければ、それはもっと安定した感じが得られると思います。そのほうがいいに決ってますよ。でもね、ぼくはこういう社会であっても、それに殉ずるような気持はどこか持っていて、それで書くわけですよ。それでいいと思っています。あとは何万売れようと、そのときの運。

吉田　運ですね。実にそうなんだ。おたがいいままで生きて来たのも、また多分に運というものでしょう。

小説のなかのユーモア

河盛好蔵
丸谷才一

無視されてきた作家たちの笑いを探る

河盛　この小説（『たった一人の反乱』）は最後の女囚を工場で働かせるという着想から出発して、話を組み立てたのではないかと考えたのですが、どうでしょうか。そのためには工場を栃木県にもっていかなければならない。というのは女囚の刑務所のあるのは、栃木県ですから。

丸谷　自分で自分の小説はわからないんですが、あの小説、人殺しのお婆さんが帰って来て、家の中に入ってしまうという話と、それから、防衛庁に行くのがいやだという男の話と、その二つが最初に思いつきまして、それで始まったものなんですよ。半分くらいのところで困ってしまいまして、これはどうして書けなくなったのかと考えて、結局、最後のところがわかっていないからだと思って、一週間何にもしないでそればかり考えたのです。

そしたら、刑務所の女囚を使う工場の工場長にすればいいというのが思いついて、それで少し手直ししたりなんかして、やったんです。あそこから始まったと読んでいただけると、ぼくとしてはそこのつぎあわせがうまくいったらしいと安心できます。

河盛 いやなかなかうまくいっています。

丸谷 もちろん、おっしゃるように最後の最後は決っていたのです。ニンジンお豊がいなくなる。どこに行ったかわからない。それは決っていたんですよ。

河盛 アンドレ・モーロアかだれかに『意外なことが絶えず起る』という題の小説がありましたが、この小説も意外なことが後から後へと起るでしょう。なにしろこの作者は、元通産省官吏をいじめるつもりらしいから、絶えず思いがけないことが出てきて主人公を狼狽させるのだろうと、おしまいには楽しみになりました。殺人犯の次はハイ・ジャックでも出てくるのかしらと（笑）。

丸谷 ああいう小説は、自分では非常に論じにくい小説で、というのは、実用性が非常にないのですね、あの小説は。日本の文壇で最も受け入れられない小説ですね。あの小説読んだからどうだということはべつに何にもないわけですから。そういう実用性の乏しさというものが退けられてきたのが日本文学の明治以後の伝統ですね。明治以前の日本文学というものは、もちろん実用性というものを非常に排除して、実用性の反対は虚用ですか、虚用というのはおかしいけれども、夏炉冬扇のごとしというのが文学の理想だったわけでしょう。ところが明治以後の文学は、夏の冷房装置、冬のセントラル・ヒーティングのごときものになってきてるでしょう。私はそういう実用性をなるべく排除した形の小説を書きたい。それでもなおかつ、何かぼくのもっている真面目なものがひょっとすると出てくるかもしれない。とすれば、それは敏感な読者が感じとってくれることだろう、というような気持で書いているのです。

河盛　その作者の意図は非常に成功しております。

丸谷　ありがとうございます。

河盛　私はいつも申し上げるように、あなたの社会時評のファンなのですが、社会時評をしょっちゅうやっておられたことが非常に助けになっているのではないかと思いました。ところで、その実用的でないということですが、私の「新潮」の『文学巷談』で、この次何を書きますかと編集者が聞くので「この次は夢声を書く」といいますと、「夢声？　大丈夫ですか」と心配するんです。

丸谷　あれは面白かった。

河盛　つまり夢声を、文学者の中に入れてないんですね。フランスでは十九世紀から二十世紀の初めにかけて喜劇が栄えましたが、あのとき出たクールトリーヌとか、トリスタン・ベルナールとかいう人は言ってみれば夢声みたいな人ですよ。日本ではああいうユーモアとウィットの作家はどうも理解されず傍流のように思われています。実用になりませんから。

丸谷　明治以後非常に真面目な調子であったし、一つには語学力の貧弱さのせいだということになるのでしょうか、忙しくてとてもそこまでいかなかったということでしょうか。外国の滑稽なもの、面白いものを読むところまでは手がまわらなかった。読んでもわからなかったのですね。

河盛　一応むずかしいですからね。漫画でも、外国の漫画には全然わからないものが多いですからね。

丸谷　「ニューヨーカー」の漫画のセリフ、あれを読んで何がおかしいのかわからないことが多いですね。

河盛　時事的な風刺が多いですからね。外国の滑稽文学がわからないのは、語学力が足りないということは大いにありますね。それに日本では自然主義の影響が大いにあります。

丸谷　自然主義小説の中にも、ほんとうはかなりユーモアがあるのでしょうけれども、その部分をつい読み落としてしまう。見落としてしまうということもあるのじゃありませんか。

河盛　私小説には、特にユーモアがあるとは思いませんが、それでも葛西善蔵にはありますよ。

丸谷　この間『文学巷談』で葛西善蔵をお書きになったでしょう。あれ拝見しておりまして、なるほど確かにそうかもしれないなと思ったり、これは河盛先生の深読みではないかと思ったりしました。でも、大人が葛西善蔵を読むとすれば、河盛さんのような読み方をなさるしかないですね。そうでなければ楽しめないですね。

河盛　人間そのものにユーモアがあるでしょう。死ぬ間際に自分の重病のことを書いた記事を読んで、なかなかよくできていると言ったり……。

丸谷　ああいうユーモアはよくわかるのですよ。

河盛　日本の作家では白樺派の作家はありますね。武者さんでも志賀さんでも。

丸谷　志賀直哉のある種のものですね。でもユーモアのあるものはあまり喜ばれなかったんじゃないでしょうか。『赤西蠣太』とか、ああいうのはべつでしょうけれども。

河盛　『転生』というのもあります。夫婦しておしどりに生れ変ることを約束しながらキツネに生れてきて亭主を食べてしまう細君の話ね。志賀さん自身一口話が大好きですね。

丸谷　そういう面が主要作品の場合にあまり出ないということがありますね。ですから、たとえば『和解』とか『暗夜行路』とかの場合には、そういうものをうんと排除したところで文学的世界が構築されていくということですね。

河盛　ああいう真面目な部分で先生の作品が高く買われておったわけですから。

丸谷　ああいう自己表現の時に、自己の全体を表現するということよりも、ある部分的なものを磨き上げて、それを提出するというふうなものとして、考えていたという感じがします。主要作品の場合には。

河盛　生活はけっしてあんな窮屈なものじゃなかった。もっとリラックスしていられました。

丸谷　だから、あれだけ弟子を集めることができたのだと思いますね。生活もあんなに厳しかったらお弟子さんみんないなくなるでしょう。

河盛　志賀さんのお弟子さんで小説が書けなくなった人がたくさんいるでしょう。あれは志賀さんのようなリラックスした生活ができないで、生活まで厳しくするからじゃないですか。それに気がついたのが尾崎一雄さん。あの人はそういうところに気がついて自分の世界を作ったのでしょうね。

丸谷　尾崎さんは先生が二人いて、一人は山口剛、一人は志賀さんだと思うんですよ。二人とも大変な名文家でしょう。尾崎さんはいわゆる名文家の名文とは全然違うタイプの名文を作ったわけでしょう。あそこが非常に個性の強い弟子としての在り方だと思って、そういう点、かねがね尊敬しているんです。

河盛　それに気がつくまではずいぶん苦労したらしいですね。志賀さんは大樹だ、自分とは別だと思ったということですね。

丸谷　尾崎さんの文体について語られる場合、いつも志賀直哉の文体のことだけが言われて、山口剛の文体のことがちっとも言われてませんね。ぼくはあれが不満でして……。片方に志賀直哉のような名文家がいて、片方に山口剛のような名文家がいたら、ほんとうに立つ瀬がないと思いますね。その中で自分の文体を作るということは、これはずいぶん辛いことだったのじゃないかと思うんです。

なぜ〝ファニー〟はほめことばなのか

河盛　尾崎さんはイギリスのエッセイが好きで、ラムやギッシングを暗記しているそうですよ。あの人の『虫のいろいろ』などイギリス風じゃありませんか、『虫のいろいろ』というのは傑作だと思います。あれで初期の文体を変えていますからね。文体を変えるということはえらいことで井伏さんも文体を変えています。

丸谷　井伏鱒二の初期の文体というのは、あまり好きじゃないんです。何というかな、あまり技巧があらわでしてね。牧野信一の直訳風の文体というのも、ぼくは好きじゃなくて。なんだか読んでいて辛くなってしまって。苦労していることが、あまりはっきりわかるからなのでしょうね。今月号の「群像」に川村二郎、私の友達ですけれども、彼が牧野信一を書いてまして、なかなかいいものですけれども、それなんか読んでみましても、ぼくの読んでいない作品がいろいろ出てくるのですね。どうも牧野信一というのは、文体のせいで、あまり読まなかったということが非常によくわかりました。

河盛　井伏さんは牧野信一が苦手だったようですな。若い時は。牧野信一は井伏さんに会うとからんだそうですね。

丸谷 それは、何かで読んだことがあります。

河盛 井伏さんに『晩春の旅』という小説があるでしょう。牧野信一にもらったステッキを持って九州行きの汽車に乗っている途中、目の中に石炭の粉が入った。それを取って貰っていると目の中からいろんなものが出てくるという話がありますでしょう。そのうち気がついたら、いつのまにかどこかでステッキを忘れていた。あれは牧野信一を卒業したことを書いたのだと思いました。

丸谷 初期の井伏さんのものは、牧野信一さんの影響でしょうか。

河盛 さあどうでしょう。私は牧野信一をよく知りませんから。井伏さんは岩野泡鳴に興味を持っていたようですね。ともかく井伏さんはそれまでの自然主義文学の文体から離れて、新しい文体を作ろうと苦心したことは確かですね。

丸谷 岩野泡鳴というのも苦手の作家なのです。そういうふうに辿るとわりにあるのですね。

河盛 私も、牧野信一には親しめなかったですね。いい作家だとほめる人もいるのですが、読んでみようと思っても、どうも……親しめません。

丸谷 素直に入っていけないという感じがしてしまいましてね。あまり向うが意識的にユーモアとかサタイヤーとか、そういうものをねらっているということが目についてしまうのでしょうか。

河盛　ユーモアというものは、出そうと思っても出るものじゃありません。ユーモア小説を標榜しているのはみなくすぐり小説で、ユーモア小説などありえないです。

丸谷　イギリスの小説で発売になると、これは発売になる前にリーディング・プルーフがまわっていまして、それを書評者は読んで、発売と同時に、いろんなところに書評が出るわけですね。だから、発売一週間か二週間経ったあとの広告には、すぐに書評の文句が引かれて広告に出るわけですね。これは河盛先生には申し上げる必要はないのだけれども読者のために（笑）。そうしますと、ほめことばが広告の文句にパッと載るわけです。たとえば「サンデータイムス」でだれがこう言ったとか、「ニュースステーツマン」でだれがこう言ったとかが広告に出るわけです。その中に、日本文学の常識からいうと非常におかしなことですが、ファニー、こっけいなとか、おかしいとかという、ファニーということばが出るのですね。ファニーと一語出る時もあるし。これほどファニーな長篇小説を私はこの数年読んだことがなかったという文句が出る時には、大体三つ書評の文句が並ぶとしますと、一番上のほうにくるんです。ファニーというのがイギリスの書評ではほめことばであるというわけですね。しかも、一番読者にアッピールする、本がよく売れるためのほめことばである。これはべつに、いわゆる滑稽小説、ユーモア小説の場合でなくて、ちゃんとした純文学の小説の場合にそれが使われる。しかもイギリスではそれが無上の讃辞になるらしいんですよ。イギリスはユーモアの国だというふうに言われますけれども、ヒューモラスという形容詞は出てこないようですね。その代りファニーが出てくる。それが非常に魅力のある感じらしいんですね。ぼくもそういう意味でのファニーなところのある小説を書きたい。トラジックでもいいし、まともでもいいし、抒情的でもいいけれども、常にあらゆる場合にファニーなところのあるそういう小説を書きたいと思っているのです。

河盛　つまり笑いのあることですね。

丸谷　初めから終りまで滑稽というのですと、人生が単純な感じになってしまいますから。逆に初めから終りまで四角四面のあれですと、これもまた単純な感じになってしまうので、普通の人生を普通に書いて、しかし滑稽な面、おかしな面があるということをけっして見逃がさないという仕事をしたいと思っているのです。なかなかうまくいきませんけど。

河盛　古くならない笑いというのは、大変なことですね。悲劇だけでは作品というものは長もちしない。どんな大悲劇でも笑いがある。シェークスピアにはファニーな部分がたっぷりありますからね。

丸谷　シェークスピアの芝居の影響がイギリスの長篇小説には、ずっと尾を引いているのじゃないかと思います。日本でも全作品出ているのじゃないかと思われる女流作家ですが、アイリス・マードックが小説を書くコツというのは、要するにシェークスピアを読んで、それにインスパイヤーされて書くということらしいんですね。ですから、双子の兄弟などよく出てくるわけです。

エスプリもユーモアもない実用的作家

河盛　フランス文学には、イギリス風のああいった笑いはありませんね。

丸谷　エスプリしかないですね。ああいうのはユーモアというのじゃなくて、会話なんかが非常に気がきいていて、地の文でも非常に言いまわしが気がきいていて、それで楽しめるんですね。読者がああいう時に感ずる快感、エスプリによって感ずる快感というのは、説明するのは非常にむずかしいものですね。

河盛　知恵の輪がすらりと解けたときの快感ですね。それからフランス人はおしゃべりが好きですから、笑いも社交的ですね。

丸谷　河盛さんのご本に宮廷文化のせいでエスプリが出てきたということをお書きになっていたと思うのですが、ああいう宮廷文化、それの延長としてのサロン、そういうものがああいう文学の質を生み続けていった。それがわからなければ宮廷にいる人間、宮廷人として、あるいはサロンにいる人間として恥であって、またそれが言えなければ恥になるということがあって、グングン磨かれてきたのでしょうね。

河盛　そういうことばかりをねらっていた連中がたくさんいたわけでしょう。吉川幸次郎さんに、シナ人のインテリはどういうことを笑うのか、あまり笑わないのじゃないんですかときいたら、シナのインテリは会話のなかに格言とか、聖賢の言葉などを入れるんだそうです。それが相手に解ると、相手はにやりとする。つまり相手に教養があるのがわかる。それが中国のインテリの笑いだそうです。

丸谷　非常に古典主義的なものですね。

河盛　昔、織田万という国際法の大家がいましてヘーグの仲裁裁判所の判事をしておられました。あの裁判所の判事たちは大へんな教養の持主なので、ギリシア語やラテン語でシャレを言うわけですね。同僚がみんな笑うそうですが、織田万先生にはそれがわからないので、じつに辛いと言っておられたそうです。シナ人と似ていますね。

丸谷　江戸の戯作の中に沢田東江の書いた『異素六帖』というのがあって、前半に唐詩選の二句をとって、後半に百人一首の下の句をつけるというのをやっています。「酔って沙上に臥す、君笑うことなかれ、乱れそめにしわれならなくに」、こういうふうにいくわけです。

河盛　天狗俳諧みたいですね。

丸谷　そういうものでしょうね。

河盛　俳諧というのは、もともとそういうものじゃなかったのですか。ことばの遊戯。

丸谷　古典を踏まえてその上でやっている。つまり共通の教養というものが一つちゃんとありますと、そういう笑いが成立しやすくなるということがありますね。ところが、現代の日本では共通の教養がなくて、共通の教養といえばテレビ・ドラマくらいだから、どうもぐあいが悪い。

河盛　だんだんその傾向が強くなる。しかしシャレなどは三人おって二人はわかるけれども、一人が全然わからないと却ってひどく効果がある。わかるヤツと同時にわからないヤツもいてくれなくちゃ面白くないわけでしょうね。話が変りますが、日本のフランス文学研究者はあなたのいう実用的フランス文学ばかりを重んじて、ことにこの頃の若いフランス文学者にその傾向が強い。サルトルなどは実用一点バリじゃありませんか。

丸谷　サルトルの中でも特に実用性の強い部分を喜んでいるという感じがしますね。サルトルの芝居のセリフなどはエスプリが豊富でしょう。

河盛　サルトルの芝居のセリフなどはずいぶんエスプリの効いたものがあると思うのですが。あの人の芝居は向うでは人気がありますが、作劇術が非常にうまいのとちがいますか。

丸谷　論理的な力を応用すれば、ドラマツルギーが非常に構築力のあるものになるわけですね。芝居のセリフというのは気がきいていなければ、フランスでは成立たないわけですからね。そういうところはどうも日本ではサルトルの芝居のセリフの部分というのはあまり味わわれなくて、なんか政治的行動のパンフレティアーとしての部分が喜ばれていますね。河盛さんのご本の中で、早口で言うのがエスプリで、ゆっくりと言うのがユーモアだというところがありました。つまり宮廷、サロンではみんなが先を争って言いたがるので、それはエスプリで、ユーモアとは違う、ユーモアというのは、とにかくゆっくり言うものである、という……。あそこのところが私は非常に面白くて。確かにイギリス流のユーモアというのは早口に言ったのじゃ味は出ないでしょうね。逆にコクトーやなんかがサロンで、つかえつかえ言ったりするところは想像できない。

河盛　佐藤愛子さんが新聞で現代文学とユーモアについて話していましたが、現代文学で一番上質のユーモアは井伏鱒二で、井伏さんのようなユーモアはゆっくり書かなければ出てこないということでした。全くそうですね。毎月何百枚も書いているというのでは出てきません。エスプリは出ましても。

丸谷　エスプリもあまり出そうもありませんけれども。

河盛　われわれと同時代の作家でエスプリのあったのは太宰治君です。

丸谷　河盛さんは太宰の文章は間が悪いと言っておられたでしょう。同感でした。どうも太宰の文章というのはうまいことは認めるけれども、好きになれないのですね。なぜなんだろうと思って、昔うっすらと思っていたことがあったのですが、間の問題で非常に解決したような感じがしましてね。

河盛　ほんとうに間の悪い文章ですね。

丸谷　セカセカ、トカトカしていまして。エスプリは確かに素晴しい。

河盛　あの人の小説の会話は面白いですからね。太宰君は、パラッと組んである小説しか読まないそうです。雑誌を開けてビッチリ詰まっているのは敬遠してパラッと組んであるのを見るとこれは面白そうだと食欲をそそられると言ってました。ユーモアがないというと、石川達三君にはありませんね（笑）。

丸谷　その点やはり現代日本の代表的作家ですね。

河盛　最も実用的な作家です。

悪口の読み方・言い方

丸谷　これ、河盛さんお書きになっていたのですけれども、イギリス人は英国人論を読むのが好きであるという話がありましたが、最近は日本人論を読むのが日本人好きですね。そして日本人が日本人論を読むのの好きになり方というのは、英国人が英国人論を好きになるなり方と反対ですね。それによって日本人の欠点を直そうとして孜々《しし》として固苦しい気持で読むわけでしょう。流行の日本人論というものをあまり読んだことはないのですが、噂によって判断すると、かなり真面目なものらしい。もっと不真面目なふざけた日本人論が日本人によって好まれるようになるには、かなりの年月を要するのじゃないかという気がするのです。

河盛　イギリス人が自分の国の悪口を言われて悦ぶのは、自信があるからでしょうね。自信のある人ほど自分の悪口を言われてもニヤニヤしてきいていますから。そういう悦び方ですね。日本人はおっかなびっくりで自分の悪口を愛読しているのです。あるいは日本人論を読んでいる間だけは、日本人でないつもりになっているところがあります。ひどくマゾヒズム的読み方ですね。

丸谷　あの不健全な日本人論ばやりというのは非常にいやでして。

河盛　ひどくほめたものか、悪口を言ったものか、どちらかでしょう。

丸谷　楽しい日本人論を楽しみながら読んで、もって一夕の歓として、あとは忘れてしまうというような態度がいいんですが、翌日もそのことが頭に引っかかっていて、確かにああいうところが俺の欠点だと、まだ反省しつづけている。

河盛　好きですね。反省することが。

丸谷　反省するのは立派な日本人である証拠だと思っているんですね。

河盛　誠実ということが錦の御旗になるんです。政治家もそうですね。社会党なんてその代表的なものじゃないですか、あんな面白くない政党はないですね。

日本ではユーモア文学は翻訳も売れないし、ユーモア文学全集で成功したものがないのですね。以前に小学館でユーモア文学全集というのが出たことがあります。大正の末期か昭和の初めですね。坪内逍遙や長谷川如是閑が入ってました。

丸谷　岡本一平。

河盛　私は日本のユーモア文学で再評価すべきものは佐々木邦じゃないかと思いますね。

源氏鶏太さんは佐々木邦があって生れた作家ですね。今読んでも少しも古くなっていません。あの人は英米のユーモア作家をずいぶん読んでいますから。

丸谷　本場もので勉強しているから。

河盛　私はカナダのリーコックというユーモア作家が好きですが、佐々木さんはちゃんと読んでいますね。獅子文六さんも佐々木邦を尊敬していました。現代作家では小沼丹君にいいユーモアがあるんじゃないですか。

丸谷　井伏さんは、ユーモアをだいじにしていますね。ただ、私小説作家のユーモアというものは、とかく限定されてしまうのですね。つまり、自分を卑小なもの、矮小なものにすることによって生ずるユーモアを中心にしてしまう傾向が強い。ですから、笑われる対象が大変限定されてしまうし、それからちょっと知的な笑いになると、キザな感じになることを恐れて、なるべくそういうことは避けようという警戒心が先に立つ。そういうようないろんな欠点を、私小説系統の作家のユーモアにはいつも感じてしまいます。

河盛　全く賛成ですな。あれはやっぱり真面目なんですね。厳粛なんです。

丸谷　ああいう系統の小説家の方々がもっと私小説から離れて書いた時、楽しいものができるのじゃないかと思うのですよ。井伏さんのものでもたとえば『珍品堂主人』のような、ああいう私小説でないものが、ぼくは非常に楽しいのですよ。なんかもっと幅の広い人生が出てきて、普通の、つきあうことができる人間が出てくるという感じがするのですね。

河盛　随筆も面白いでしょう。

丸谷　いっそ随筆になってしまうといいのですが。

河盛　この頃は随筆のほうを楽しんで書いている感じですね。ともかく井伏文学のユーモアというのは相当質の高いものです。

丸谷　井伏鱒二はだいいち文章がうまいですものね。

河盛　全くうまいですね。いつか永井さんが小説を書こうと思って井伏さんのものを読んだら、あまりうまいので、こんなものを読むと自分の小説が書けなくなると思って読むのをやめたと言ったことがあります。そのことを井伏さんに話したら、そういう悪口の言い方もあるかですって（笑）。

丸谷　それはエスプリですね。

河盛　井伏鱒二さんというのは機鋒の鋭い人ですから。日常の会話も面白いですね。

翻訳では笑えない英文学

丸谷　井伏さんの場合のユーモアが出るのはあれだけ文章がうまいから出るのですね。翻訳をやってますと、小説のユーモアの部分というのは、非常にむずかしいものですね。原文を読むとおかしいのに、ぼくが訳したその部分を読んでも、どうもあまりおかしくない。

河盛　外国のユーモア文学の翻訳が売れないのはそのせいです。

丸谷　だから、フランス文学は日本ではやったのですね。翻訳が下手でも一応なんか伝えることができたわけですね。

河盛　一つは、英文学者があまり英語ができなかったということがありませんか。

丸谷　たしかに英文学の翻訳というのはうまくないですね。

河盛　一つは、字引のせいですよ。本当にいい辞書は名訳家の訳語を材料にしなければいけないのです。ところが日本の英語の字引は日本語の語感の鈍い語学者の作ったものが多い。あんな字引を使っているといい翻訳はできませんね。ところが、日本のフランス文学の翻訳がわりにうまかったのは岸田國士さんが下訳をした模範仏和大辞典を使ったからです。正確な語義からズレている訳語もたくさんありますけれども、日本語のボキャブラリーの豊かな人でしたから、たくさんの訳語が入っていて、翻訳家は得したんじゃありませんか。日本の仏文学の翻訳が一応読めたのは、岸田さんの作った字引のせいだと僕は思っております。

丸谷　なるほど。おもしろいですねえ。ぼくは翻訳の時に、なるべく英漢大辞典を引くようにしています。もちろんよくわからないのですが、漢字の印象から考えるわけですよ。そうすると、たちの悪い日本語に縛られる率がすくなくなりますから、わりに自由にことばが出てくるような感じがあります。

河盛　日本のフランス語研究は非常に進歩しましたから、今できている字引には、岸田さんの作った字引にある元の語義から離れた訳語は省かれています。正確な訳語しか入っていないので、却って面白くなくなりました。岸田さんのものはなるほど不正確ですが、うまい日本語だから何かの時に役に立つことがあるのですね。英文学ではモームのようなものがはやるのはよく解ります。エスプリがありますからね。

丸谷　あれは、やはりフランスの小説のまねですから訳しやすい。

河盛　フランスでもなかなか人気があります。

丸谷　どんな人が読むのですか。

河盛　一般大衆でしょうね。うまい文章というのじゃありませんな。

丸谷　要するに、スラスラ読める。

劇作家のエスプリ

河盛　よく活字文化と映像文化ということが言われますが、この頃の小説を書く人、ことに週刊誌に書いている人は口述筆記というのが非常に多いでしょう。あれは文章ではありませんね。活字にはなっていますが、活字文化とはべつのものだと思うのです。ああいうものは録音したほうがいいのじゃないですか。

丸谷　最近の本ではシンポジウムというのがはやってまして、序文に、われわれ三人があるホテルに籠って、じつに三日間の長きにわたって討論した内容がこの本であると書いてあるのですね。三日間の長きにわたってといえば、当人は長いと思ったかもしれないが、一冊の本が三日でできるわけじゃありませんか。おかしいですよ。

河盛　読みながら途中で立ち止ったり、後戻りをしたり、繰り返したりするのが本の生命ですから、書いているほうでもそうでなくてはならない。したがってしゃべりとばしたものを速記したものは本の中には入らないな。

丸谷　シンポジウム形式、対話形式の本というのは一切書評しないのが正しいだろうとかねがね思っているのですけど。

河盛　本が早くできるので、ああいうやり方を使うのですな。ところでさっきの夢声さんの話ですが、文六さんとは非常に懇意でしたね。文六さんは文壇づきあいはあまりなかったから、最も親しかったのは夢声さんじゃないでしょうか。

丸谷　どういうところが気が合ったわけでしょうか。

河盛　両方ともエスプリの持主ですし、夢声さんの俳優としての才能も文六さんが認めていたのじゃないですか。

丸谷　岩田豊雄のせいで文学座に入ったのですか。

河盛　そうでしょうね。久保田さんよりも岩田さんのほうが夢声を買っていたような気がしますね。文六さんはジュール・ロマンを愛読していましたね。ジュール・ロマンの影響が割合ありますよ。あの人の文明批評みたいなものはジュール・ロマンからきているのじゃないですか。それにリリシズムを文六さんは軽蔑していました。
丸谷　ジュール・ロマンにはありませんね。
河盛　そういう点では岸田國士さんとちがっていました。岸田さんとは親友であると同時にライバルでしたね。二人とも劇作家を志したわけですが、文六さんは劇作家としてはついに名をなさなかったので、その恨みというと語弊がありますが、おれの芝居は辛口だからなあという対抗意識は充分にあったと思います。私は終戦後「新潮」をやっていた時、文六さんがまだ宇和島におる時分、文六さんに原稿を書いてもらおうと思って、こっちから東京の文壇の消息を知らせるわけです。その時最近岸田先生におめにかかったら、ヤギヒゲをはやしてられましたということを知らせますと、彼にはそういうことをやる癖ありという返事を貰いました（笑）。あれはライバルだったですな。
丸谷　新聞小説としての成功は岸田さんのほうが早いですか。
河盛　ずっと早いです。新聞小説では文六さんも成功していますが、劇作家としてどうして世間では俺を認めないかということでしょうね。
丸谷　あんなに少ししか書かないのじゃね。
河盛　注文もなかったのでしょうね。飯沢匡さんは、文六さんの芝居のほうを継いでいるわけですね。
丸谷　飯沢匡さん、ぼくは非常に尊敬しているんですよ。『二号』などという芝居、戦後の芝居の中で一番いいものじゃないかと思いますね。『二号』というのはあの人の芝居の中で最高の作品じゃないかな。

河盛　あれはよくできていますね。

丸谷　傑作ですね。ユーモアとかエスプリとかということは、もちろんですけれども、それは風俗という問題と非常にキッチリ結びついているというところですね。そこに目に狂いがありませんものね。非常に感心しました。でも、あの人の小説はぼくも悪くはないとは思うのですけれども、どうも手を抜いていますね、小説は。それがどうもぼくは、自分は小説を大事な仕事だと思っているせいか、娯楽読物の場合でも手が抜いてあると、何となく気に入らない。

河盛　飯沢さんは芝居でも脚本を読んでもらうことを好まない。舞台で見てほしい、自分の脚本だけで自分の芝居の批評してもらいたくないといっています。小説を書いているときも脚本を書いているときと同じ気持かもしれません。

丸谷　非常に好意的な意見ですね（笑）。

河盛　それではいけないのだけれども、そうじゃないでしょうか。芝居といえば、三島君は劇作家としてのほうが優秀なんじゃないですか。

丸谷　芝居のほうがずっといいでしょう。ぼくは三島由紀夫の芝居より飯沢匡の芝居を買いますね。

河盛　買う買わないはべつとして、三島君は芝居のほうがいいのじゃないですか。

丸谷　『近代能楽集』、あらゆる作品の前半がいい。

河盛　『鹿鳴館』もいい。

丸谷　あれも前半がいいですね。

河盛　あの人の芝居は主役の役者が違うことによって、べつの味が出てくるでしょう。杉村春子が主人公をやった時と、べつの女優さんがやった時と味が違ってくるでしょう。あれがほんとうの劇作家だと思いますけれどもね。ところで三島由紀夫という人は、音楽でいいますと、五つぐらいからピアノを習わせると二十歳頃になると、どんな曲でも弾ける。ベートーベンであろうがドビュッシイであろうがバリバリと弾ける。そういうのに似ている気がするんです。子供の時分から文学教育をやらされたので、若いときからなんでも書けたわけですね。そういうふうな作家じゃないでしょうか。なんでも書けるが、内容はそれに伴わない、そんな作家ではないかと思います。

丸谷　ぼくは桐朋の教員でしたから、そういうのはよく知っています。

河盛　そういうのがおるでしょう。文学的才能の不均衡に発達した人ですね。飯沢さんが世間ではラディゲと三島由紀夫と結びつけるけれども、二人には何の関係もないのじゃないか、むしろあの人はニイチェに関係があるのじゃないかと言っていました。これは鋭い見方です。僕もラディゲとはあまり関係がないと思いますね。

丸谷　そうだと思います、私も、ニイチェをヒットラー寄りにして考えるとああなるという感じが非常にしましたね。つまりほんとのニイチェとは違うでしょう。ヒットラーもゲッベルスも芸術家になり損ねたから政治家になったという傾向があるでしょう。そういう人間のタイプとかなり近い文学者じゃないでしょうか。

河盛　飯沢さんにそう言われて、なるほどと思いましたね。あの人はフランス文学とはあまり関係ないな。

丸谷　ドイツ文学でしょうね。ドイツ文学のある種の通俗的な部分というのは、かなりあいうものに近いんじゃないかなと思います。ヒットラーが死ぬ前の日でしたか、前々日でしたか、女の秘書と一緒に昼飯を食べる。ナチスのいろんな領袖の悪口を片っ端から言うんですよ。その悪口の中の最大の悪口、ヒットラーにとっての一番許すべからざる悪徳は、だれそれは芸術がわからないということなんですね（笑）。そういう種類のドイツ精神というのがあるんですね。

河盛　なるほどね。

本と現実

石川　淳
丸谷才一

山家清兵衛の謎

石川　今日は何をやりますか？　特に勉強してはこなかったけれど。
丸谷　ええ、ぼくが適当にアタックします（笑）。しかし、塚原卜伝と宮本武蔵みたいなものかなこれは。結局、武蔵は鍋蓋で押えられて、敗けるにきまっているんですから（笑）。
石川　立川文庫ですね（笑）。立川文庫は読んでこなかった（笑）。
丸谷　ま、そう思ってぼくはあきらめています。
石川　卜伝というのは逃げるのはうまかったそうですよ。
丸谷　ははあ、そうすると……。
石川　逃げた方が卜伝、ということになる。
丸谷　先生はどうも卜伝になるのがおいやらしい（笑）。

　ところで、あれはたしか昭和四十年か四十一年だったと思うんですが、取材のため宇和島に行ったことがありまして、その時に宇和島の案内記のたぐいを幾つか読んだんです。どれにもかならず山家清兵衛の話が書いてありましたが、曖昧模糊としていて何のことかよくわからない。これは何かおかしな存在だと思いました。そのおかしな存在が宇和島という土地では、非常に大事らしい。しかもいっこうに話ははっきりしない。変なもんだなあと思ったことがあるんです。ところが先生の『江戸文學掌記』の山家清兵衛のことを扱ってある章を読みまして、よくわかりましてね。十何年ぶりに疑問が解けました。あういう怨霊および御霊信仰が日本の文化で非常に重要だということは、近頃は世間でもだいぶわかってきてることなんですけど、あの山家清兵衛の話で特におもしろいと思ったのは、儒教では怪力乱神を語らないというのが孔子以来の建前なのに、山崎闇斎の門下にかかると、儒というものと怪力乱神を語ることとが両立するわけですね。そこのところが奇怪な感じがしたんです。留守希斎の『祭祀来格説講義』という写本を先生がお出しになって、その中に山家清兵衛のことがいろいろと論じてある。留守希斎はつまり山崎闇斎門下、孫弟子ぐらいにあたるわけですが……。垂加神道なんてものに凝ると、結局ああいうことになるんでしょうか？

石川　拙文をお読み下さって、わかったとおっしゃるけど、わたくしは山家清兵衛のことがちっともわからないで、わからないまま書いたんですよ。あれは『和霊霊験記』という写本がありまして、写本に書いてあることはどうせ当てにならない。それは写本の常でね。ことにお化けの話なんていうのは当てにならない。しかし、もっと当てにならないのが藩誌ですよ。自分の藩にとって都合の悪いところはみんな削っちゃうんですから。だからどこの藩でも御家騒動としてそれこそ立川文庫的に有名なところはごく簡単に、もう記載もないくらいにあっさり書いてありますね。しかしあの話はお化けが出る話だから、そういう俗説をまとめたものしかない。真相はちっともわからない。真相なんてどうでもいいんです。真相がわかってしまったらお化けは出ないわけだ。お化けが出るというところが狙いでね。

山家清兵衛の話は宇和島だけでなく、四国全体で、つまり今の紙芝居、ああいうふうにしてずっと後世まであったらしいですね。後世というのは明治以後ですよ。明治以後になっても、あの話が一般には普及してたんですね。あの写本というのはそんなことを書いたもんで、あれが歴史的事実であるかどうかわからない。証明する手もないから、藩誌はよるに足らずということになると、俗説の写本しか見るものはない。

丸谷　ぼくは初めてでしたね、ちゃんとした本で読んだのは。

石川　お化けですからね。そうまとまったものは書けないわけだ。ただ、これを闇斎学派、崎門の学で取り上げたというところがおもしろい。お化けを学問上認めたわけでしょう。つまり宋学、宋儒理気説です。理と気と二つあるでしょう、宋学には。それにうまくお化けがピタッとはまった。あるいは無理に持ってきたか……。儒ではお化けを相手にしないんです。お化けが出てくるとそっぽを向くような学派ですね。ただ、闇斎学派があれを取り上げたということがおもしろい。

丸谷　ぼくはびっくりしましたね。

石川　鬼神を語ってるわけです。ああいうことは儒ではやらない。

丸谷　厳密に言えば、そもそも垂加神道というのが儒の立場にそむくものでしょう。ですから、垂加神道に深入りすると、そのついでにお化けまで認めることになる。

石川　ということは、宋儒理気の説で理気にうまく合うんだな。うまく合うかどうか知らないけど、うまく合せるんですね。わたくしは崎門の学というのは嫌いです。ただ三宅尚斎がお化けの話を学問の話として講義の中に取り上げたというところがおもしろかったんだ。

丸谷　ぼくは儒の方は非常に不案内で、まして闇斎学派というのは何となく毛嫌いして、ちっとも読んだことがなかったんです。留守希斎なんて本当に名前も知れないくらいの学者でしょう、崎門の中でも。

石川　あれは三宅尚斎の弟子ですよ。

丸谷　ああいうものまでお読みになっているので、びっくりしました。

石川　崎門の学というのは困ったもんでね、第一に詩を認めないですよ、ポエジーを。詩を作っちゃいけないという禁止さえあった。全部の崎門の学がそうだとは言えないでしょうけど、だいたい詩なんぞは問題にしなかった。

丸谷 徂徠系統の学派とまったく対立的ですね。

石川 全然違うですね。闇斎というのはわたくしは嫌いでね、あいつは。つまらん奴ですよ。すぐ官僚にくっつく大学教授があるでしょう、あのたぐいでね（笑）。

御霊信仰のこと

丸谷 ぼくは折口さんの学問から国文学を勉強したという感じが非常に強いもんですから、御霊信仰というのには以前から興味がありましてね。実は前々から持論が一つあるのですが、『千載和歌集』が成立したのは御霊信仰のせいじゃないかと思うんですよ。と言いますのは『千載和歌集』の勅撰下命者は後白河院ですよね。ところが後白河院は『梁塵秘抄』を編んだ人で、今様歌には非常に関心があったけれど、和歌は嫌いな人だった。そういう人が『千載和歌集』を作れと下命するというのが第一におかしい。

第二には、源平合戦の最中に勅撰集を作ろうと言い出した。世の中が浮足だっているときですからね。それがどうもおかしい。第三に、あれは定家の『明月記』によると、夜の夜中に突然後白河院が思いついて、それまで一ぺんも呼び出したことのない藤原俊成を御所に呼びつけて命令を下すんです。

それから第四に、そのころは大変な飢饉の年でして、崇徳院のお后が病気になり、お后の住んでる御所が火事になって焼けて、引越した先で病気になって亡くなった直後なんです。それやこれやから考えまして、これは後白河院が崇徳院の霊を慰めないとひどいことになるというんで、崇徳院にゆかりの深い藤原俊成を突然呼び出して、長時間にわたって説明して『千載和歌集』を作らせたんじゃないか、と思うんですよ。何しろ崇徳院は和歌が大好きな人でしたから……。

この説はぼくが一度書いたことがあるんですけど、国文学者は認める気配がありませんね（笑）。

石川　お化けの研究をしなきゃいけませんね。崇徳院が天狗になったというのは、あれはいつごろですか？

丸谷　『保元物語』の中に崇徳院の最晩年の描写がありますね。髪がぼうぼうで、爪が長く伸びていて、まるで天狗みたいだなんて書いてあります。『保元物語』の成立は鎌倉初期でしょう。あのころにはもう、そういう伝承はあったんでしょうね。

石川　近ごろは怨霊の方へ持って行く傾向があってね。

丸谷　ええ。しかし今まで御霊信仰の問題をあまり考えなさ過ぎたということもあるんですね。あれを考えると品が下がる、西洋人に対して恥しいというような気持があったんじゃないでしょうか。

石川 いや、西洋人に対して自慢すべきことだよね、お化けなんていうのは(笑)。もっとも御霊信仰は京都あたりが本場じゃないですか。江戸、関東にはあまり御霊信仰みたいなものはないようですね。

丸谷 でも、曾我兄弟に対する態度は御霊信仰の表れでしょう。曾我の五郎のゴロウはゴリョウの語呂合せだなんていいますから。

石川 あれまで御霊に入れればね。

丸谷 ぼくは西郷隆盛の問題、あれも御霊信仰の中に入るんじゃないか、と思ってます。曾我兄弟なんかは別ですけど、御霊信仰のうんともとのところから考えると、結局、反乱を起した人、叛臣が非業の最期を遂げる。早良親王《さわらしんのう》のような人ですね。すると、その政治的反逆者の霊のたたりを恐れるというわけなんですね。西郷隆盛に対する熱烈な信仰というのは、どうもそこから考えた方がわかりやすい。死後、非常に人気が高まって、上野に銅像を建てるとか、叛臣でない扱いにするとか、それだけじゃなくて非常に西郷崇拝が沸き起ったり、西郷は実は死なないでどっかへ行ったんだというようなことが言われたりした。あれは一種の御霊信仰だったんじゃないか。つまり銅像を建てたのは、早良親王の霊をなだめるため、早良親王にしたようなものだと思うんですよ。

その御霊信仰の対象としての雰囲気の中で西郷隆盛の伝記を書くもんですから、どうも、どれを読んでもピンと来ない。それは西郷隆盛を扱う人たち自身が、実体としての西郷を書こうという気持と、自分自身が今でも御霊信仰に巻き込まれているせいでの遠慮と、その二つの間で何だか朦朧としている。それでああいうふうになっているんじゃないかという気がします。どうもぼくは、あまり西郷という人、好きじゃないものですから、そんなふうに考えるんです。

石川　それは大久保利通の方がすくなくとも政治的才能はあった人だと思いますがね。西郷さんが偉いということになったのは、もとは御霊信仰によるのかもしれないけど、つまりスターの人気投票みたいなもんで……。

丸谷　つまりその人気のもとなんですけどね。非業の最期という点では大久保利通だって同じわけですが、その前に反乱を起してないから人気が沸かないというところがあるような気がします。

石川　前代の後をとった人間が前の時代を気にする。怨霊ということで気にするんですね。だから、足利時代になると、やっぱり後醍醐天皇というのが気になってる。室町、東山も通じて、怨霊といえば後醍醐ですよ。足利義政の時代の銀閣寺、あそこへ江戸から入って行ったでしょう。桃山が滅びて——豊臣氏が滅びて江戸が入って行った。そうして、これも俗説だけど、銀閣寺の何か仏壇みたいなところをあけてみると、後醍醐天皇霊位というものがちゃんとあったというんですよ。怨霊を鎮めるためでしょうね。

ところが江戸から行った幕府の役人は、けしからんと言ってね、後醍醐天皇の札を取っぱらって、東照神君をおさめた。俗説ですがね、そういうことがある。
後醍醐天皇は足利尊氏も気にしてたけど、子孫ずうっと気にしていましたね。だから足利時代というのは後醍醐怨霊時代ですよ。ある国が亡びて、ある国が興る。その前代の国を勝国といいますね。勝国がニラミをきかせるのは亡びた文化の威力ですが、日本では文化がお化けになって出て来るようです。

丸谷 まあ、あれは反逆者の大物ですからね。天皇御謀叛という……。

石川 そう。天皇御謀叛というのは、北条高時ですね。いかに天皇というものが低く見られたか。天皇は臣下に向かって謀叛を起すようなものではない。生れながらの神様だということに決めつけたのは、明治ですね。明治以後は絶対に天皇は謀叛しない。

丸谷 その自由が認められなくなったんですね。
明治維新が日本文学にとって大変革命的だったと言われてますが、実は明治十年が境なんですね。明治十年の西南戦争以後、天皇が恋歌を作らなくなった。ロシア皇帝とかカイゼルとか、ああいうものに仕立てようというわけで、天皇が恋歌を詠むのを禁じたんですね。それが日本の文学にとって非常に大きな出来事だったと思うんです。日本の昔の文学というのは、結局、天皇が詠んだ恋歌が中心になっていて、それがあるからこそ『源氏物語』だって成立するわけでしょう。ところが天皇から恋愛の権利を奪ったわけですから、そこで日本の文学の質がずいぶん変ってしまった。

石川　だから小説書きなんて、変なものが出てきた、明治以後。

丸谷　そうそう（笑）。

石川　困ったもんですよ。そうでなきゃ歌で優雅にやってたのにね。

『忠臣蔵』と『四谷怪談』

丸谷　御霊信仰の問題ではもう一つ仮説があります。赤穂の四十七士、要するにあれも一種の反逆者ですね。江戸の人たちは四十七人――一人除いて四十六人に切腹させた。その時にこの四十六人の怨霊がぞろぞろと連れ立ってたたりをしたら、火事の連続になって大変なことになる。そこで、それを鎮めるために『忠臣蔵』の芝居を作ったり、錦絵を作ったりしたんじゃないかな、と思っているんです。これも言われてないですね。

石川　それは芝居にしちゃったから、芝居を見る方がいい。『忠臣蔵』の中でお化けを出せば、これはまた話が違ったと思う。

丸谷　でも『四谷怪談』というのが『忠臣蔵』とないまぜになっているでしょう。

石川　裏表でね。お化けは別口で扱った。

丸谷　『四谷怪談』が『忠臣蔵』とないまぜになる筋を南北が作ったというのは、そこのところの人心の機微を察していたんじゃなかろうかと、ぼくは思ってるんですよ。

石川　証明するのはちょっとむずかしいけどね。しかし『四谷怪談』が『忠臣蔵』を踏まえているところはおもしろいですね。『忠臣蔵』をもとにして、逆に忠臣というにははなはだ忠臣的でない人物がブラブラしている。

丸谷 ああいう裏表を書くことによって、世界を全面的に扱おう、全体像を捉えようとしている。そこがおもしろいところですね。

石川 南北が全体像を捉えたんでなくて、後世ですね、全体像として見るのは。

丸谷 南北にはそういう気持はなかったんでしょうか？

石川 『忠臣蔵』と『四谷怪談』をいっしょにしよう、裏表という気持があったかどうか、それはちょっと読み過ぎのような気がするんですよ。

丸谷 そうですか（笑）。

石川 しかし『四谷怪談』は傑作ですよ。『忠臣蔵』以上の傑作。

丸谷 ぼくは『忠臣蔵』もなかなかよくできていると思いますよ。ことにぼくが気に入っているのは、これはまあ実説がそうだったからと言えばそれまでなんですが、桜の花が咲いてるころに始まって雪の降るころに終るでしょう。この四季の循環……。

石川 俳諧の歳時記だね。

丸谷 そうです。先生の『江戸文學掌記』、雑誌に連載なさった時には、其角で終ったでしょう。しかも其角が四十七士の討入りに立ち会うところで……。ですからこれは歳時記的にうまく終ってきれいだなと思っていたら、本になった時には其角で終らなくて、木下長嘯子……。
石川　いや、長嘯子の方を前に書いたんだけど、時代をさかのぼって行くと長嘯子が一番古いから……。
丸谷　ぼくはあれにはちょっと不満がありましてね、四十七士の討入りで終るともっと恰好がつくんじゃないかと思いました。
石川　しかし『忠臣蔵』系から見ると、赤穂浪人の一件、あれはどうもお化けが出ないわけですよ。みんな本望を遂げている。浅野内匠頭のお化けが出てもよさそうなもんだけど、かたきを討ったからそれでもう本望を達しちゃったし、四十六人はみな腹を切ったからこれまた本望を果した。つまり腹切りという刑は侍として認められたわけですから名誉なんですね。あんなに満足してる芝居はない。幸福な芝居ですね。決して恨みに思う筋はないでしょう。四十六士も、打ち首、獄門というんなら別だが、切腹という最期は侍としては望むところでね。また、当人がすぐ切腹するべきもんですね。引き上げた泉岳寺でみな切腹してもおかしくはないわけだ。
丸谷　先生のおっしゃる線はよくわかりますけど、でもあのころ四十七士を刑に処すべきか、処すべからざるかという議論がいろいろやかましかったでしょう。なるべくなら生かしておきたいという気持があったわけですね。
石川　そういう気持もあった。また、処分に困ったんでしょうね。あれは荻生徂徠が評定の最後に死刑ということに持ってったわけ。徂徠さんはなかなか頭のいい人でね、みんなが殺すか生かすかでごたごた言ってるのを黙って聞いてて、最後に「死刑」とピシッと言う。初めからあれは切腹という説ですよ。それを先に言わないで、人にいろいろ反対論まで言わせておいて、自分は最後にいいところをスパッと言う。血のめぐりのいい人です。

丸谷　あの処分は当然ああなるのが筋でしょうね、政道としては。

石川　出てくる人物のことごとくが本望を遂げている。浅野内匠頭だって、相手を殺しちゃったんだから当然満足していいですね。お化けは出ないですよ、ああなってくると。

丸谷　お軽はどうですか？

石川　お軽だって、ともかくあれは田舎の娘で、それが屋敷へ上って女中奉公、そして最後に花魁《おいらん》でしょう。女として、あれ出世の鑑ですよ。ちっとも文句を言うことない。

丸谷　ぼくは何となく可哀相な気がするんですよ。

石川　だからそれは女にだまされているようなもんでね（笑）。

丸谷　そこがぼくの本質的な甘さです（笑）。

石川　当人はいい気持でしょうね、あれ。

丸谷　まあ、勘平には同情しませんけどね。あのくらいもてればまあいいでしょう。しかし、お軽はどうも可哀相ですよ、やはり。

石川　それはあそこの身売りの段が悲しいんで、由良之助が出てくる酔っぱらいの段になると、どうしてお軽さん、幸福なもんですよ。ハッピーというんですな、ああいうのを（笑）。当時はしかし、あの四十六士の評判というのは大したもんですね。也有も書いてるんですね、曖昧な書き方をしてるけど。あれはお化け興味ではないでしょうね。

丸谷　也有や徂徠の考え方で行けばお化けは出ませんが、それとは別に町人の考え方があると思うんです。そうするとお化けが出る必然性も多少あるんじゃなかろうかと思いましてね（笑）。

エピキュリアン淡島寒月

丸谷　『祭祀来格説講義』なんて写本までお読みになるところを見ると、ずいぶん広い範囲で本をあさるわけですね。

石川　古本をいろいろ集めていると、中にはそういうものも混りますよ。

丸谷　おもしろがってお買いになるわけですか？

石川　そうです。珍しい本だと飛びつくような軽薄な傾向がわたくしにはありましてね。

丸谷　やはり刊本よりは写本の方がおもしろいものですか？

石川　そう決ったもんじゃないですね。ずいぶんつまらない写本もあれば、中には刊本にも出ていないようなものもある。『祭祀来格説』、三宅尚斎とか留守希斎のね、あれは門弟に教える講義録です。

丸谷　崎門の学ではどうして論文を書かないんでしょう？

石川　文字に出てくるのをそんなに信用しなかったのかな。ともかく、詩を作るなと言ってるくらいだから……。

丸谷　人格的な触れ合いが大事だったんでしょうか？

石川　それはあったでしょうね。闇斎という人が垂加神道に行ってますね。神道は経典のないものですね。神道の古典なんてありませんよ。それは後世が作った解説で、つまり解説をつけないのが神道ですね。講義だけで行った。

丸谷　先生の読書範囲の広さ、読書量の多さにあらためてびっくりしたんですが、先生は明治の読書人として有名な淡島寒月という方にお会いになったことが……。

石川　寒月さんはそんなに本は読んでいない。洋学は知らないし、漢学もどうですかね。

丸谷　でも、西鶴を再発見したのはあの方でしょう。

石川　そうです。しかし、西鶴は偉い文学だなんていうことでなく、気軽に入ったんじゃないですかね。気安くつき合ったんでしょうけどね。

丸谷　たしかにそうでしょうね。淡島寒月には文学なんて概念はなかったでしょう。

石川　まあ、ほとんどないと言っていいでしょう。つまり文士ではなかった。あの人はいろんな本を読んでてね、わたくしが子供の時分ですけど――年ごろからいうと中学の途中ぐらい。寒月さんの向島の梵雲庵というところに時々行ったことがある。会いに行ったわけでなく、向島へ遊びに行ったついでに寒月さんのところにちょっと寄る、という具合だった。

丸谷　お知り合いだったわけですか?

石川　何となく知ってましたね(笑)。淡島椿岳という人がいる。

丸谷　寒月のお父さんですね。

石川　あれは奇人という言葉に当るでしょうね。大変な人です。内田魯庵の『思ひ出す人々』ですか、昔は文庫本でも出てた、その中に椿岳さんの一生を書いてある。

丸谷　読みました。

石川　その息子ですから、寒月さんは。親父ほどではないけどね。椿岳さんはうちをつぶしたけど、それでも相当の資産があった。椿岳の代でだいぶ減らして、寒月の代には非常に心細いことになっていたろうけど、しかし寒月さんが一代暮すくらいの金はあったんですね。ささやかな庵に住んで、わたくしなど子供を相手に——あの人は子供はうるさいというようなことは言わない人なんだな——いろんな話をする。話が好きで、いつまでも飽きず雑談をする。わたくしは今は寒月さんより年が上になってるけど、あんなことはしないですよ(笑)。菓子を出してくれたり、いろんな話をしたり……。

西鶴の『一代男』のもと刷りを見たのは寒月さんのところですよ。子供の時、見せてくれた。むかしは帝国文庫なんていう活字本がないから、みんなもと刷りですよ。

丸谷　帝国文庫はまだありませんでしたか？

石川　わたくしの時分にはあったけど、寒月さんの子供のころにはなかった。『一代男』のもと刷りの保存がいいのを見せてもらった覚えがある。世之介が遠めがねでのぞく――わたくしはああいうさし絵を見ていた。江戸の刊本の字は子供には読めないですよ。

丸谷　しかし中学の一、二年生にああいう絵を見せるのは、教育上よくないんじゃないですか？

石川　当時は。今は何ともない。今は週刊誌などでもっと深刻なところをごらんに入れるわけだね（笑）。これはえらい先輩がいると思った。わたくしにとっては大先輩ですよ、世之介という人は（笑）。

丸谷　この中学生なら大丈夫だと思ったわけですかね。

石川　あるいは（笑）。寒月さんというのはそういう人だった。

丸谷　おもしろいおじいさんですね。

石川　やさしい人でね。そのかわり自分の好きな話でなきゃ絶対しない。ほかに話はできないんですよ。江戸の話とか、とりとめもない話をするのが好きな人でしたね。学者でもなし、文士でもなし……。

丸谷　趣味人なんでしょうね。

石川　ただブラッと暮している人が昔はいたんですね。明治でもまだいた。

丸谷　『江戸文學掌記』では遊民という概念が非常な重さで論じられていますけど、やはりそういう遊民の一人でしょうね。
石川　まあそうですね。やっぱりあれは一種のエピキュリアンの生活でしょう。西鶴論争が今時分起ってると聞いたら、寒月さんびっくりするでしょうね。芸術はありがたいなんて、そういう観念はないから。しかし自分で絵なんか描いてね。
丸谷　お父さん譲りで画才があった。
石川　うん、椿岳さんほどではないが、自分で楽しむぐらいの絵はね。昔の人だから部屋に紙なんかいつでも置いてある。硯も置いてある。そこでちょっとちょっと描いてね、その絵をわたくしのような子供にひょいとくれる。それをもらって帰る。だから後にとどめておくという気持はなかったんだな。そういうところはおもしろい人だったね。

『狂風記』種あかし

丸谷　淡島寒月のところに遊びに行く、というのは、そのころから非常に本がお好きだったわけでしょう。
石川　そういう傾向もいくらかありました。
丸谷　ぼくは先生の『江戸文學掌記』、これはもちろん評論なんだけれども、強いて言えば随筆の中のかたいものと考えることができると思うんですよ。小説家の随筆というのは、だいたい一番好きなもののことを書いた時に一番いいものができると思っているんです。たとえば井伏さんの釣りの話とか、檀さんの食べ物の話、吉行淳之介さんの女の話。先生のは本の話でしょう。あるいは江戸の話。やはり本がお好きだから、ああいう楽しめる本ができたんだと思っているんですけど。

石川　本が好き、という傾向はあります。

丸谷　女性がお嫌いとは思わないけれども、先生がこういう調子で女性論を一冊お書きになることはないでしょうね（笑）。

石川　わたくしももう少し人間ができてきたら……（笑）。

丸谷　一体に先生のお書きになる小説には、本が出てくるものが割に多いような気がします。

石川　そうですかね。

丸谷　たとえば『普賢』という長篇小説、あれはクリスティヌ・ド・ピザンの伝記を書こうとする男の話でしょう。

石川　まあ、ね。

丸谷　だから、それはまだでき上らない本ではあるけれども、将来、書かれるべき本が一冊、あの小説の中にあると思うんですよ。それから『喜壽童女』、これは短篇小説ですけれども、その中には『妖女傳』とか『妖女傳續貂』、そういう写本が二、三冊出てきますね。それから話が始まる。この『喜壽童女』については、存在しない本のことを書きたいからあの小説を書いたというようなことをお書きになってますね。

石川　古本という様式に持って行ったのは、やっぱり本が好きなことから出たとは言えるかもしれませんね。

丸谷　今度の先生の長篇小説『狂風記』、あの中には巻子本が二巻出ていまして、片方は長野主膳の書いた本ですけれども、それが中心で物語の原動力みたいになっている。長篇小説の中心部に巻子本二巻を置くというような仕組みも、やはり先生の本好きから始まったことなんでしょうね。

石川　それはまあ、そういうことですかな（笑）。巻子本とかいろいろ、あの中で引用のかたちで書いたのは、村山タカ女の手記とか、それから後に出てくる二冊がありますね。あの小説の中の話として三つ出ているわけでしょう。三つ出ている中の、どれが本物でどれが本物でないかということは、わたくしは手品の種明かしはいたしませんが（笑）、それは読む人が見当つけていただきたい。

丸谷　そう、三つですね。ぼくは三つとも先生がお作りになったものだと思って読んでいました。

石川　三つとも、ではないです。わたくしの作ったものと、そうでなく、長野主膳が作ったとして――、これも写本です。長野主膳という人はちょっとした学者ですよ。歌も作るしね。

丸谷　国学者ですね。井伊直弼の作った祝詞は長野主膳の代筆なんですね。

石川　そうでしょう。

丸谷　江戸時代の祝詞の名作選みたいな本がありまして、その中に井伊掃部頭《かもんのかみ》の書いたことになっている祝詞があるんです。宣長の祝詞なんかよりいいような気がしました。

石川　うん、国学の素養が一通りあったんですね。でも、井伊直弼とつき合った初めは歌でしょう。国学の講義をしたわけでは――いくらかはしたかもしれませんが。ともかく先生格に扱われているから。その当時の井伊直弼は本当に部屋住みで、えらくも何ともない。藩の中でもえらくなかった。兄貴は殿様、弟は部屋住みで、それでも師を呼ぶぐらいのことはできた。

丸谷　歌の先生だったわけですね。

石川　ええ、歌が主でしょうね。

丸谷　それで和歌の先生に祝詞を代作させた。

石川　井伊直弼に祝詞は書けないです。あれは長野主膳が書いたと見るべきでしょうね。

丸谷　それで、三つのうち、どれがどうなのかという種あかしは？

石川　どれが本物という種あかしができない。というのは、本物の中ににせものが入ってるし、にせかと見ると本物も入ってる。

丸谷　なるほど。わかりました（笑）。ぼくは全部先生がお書きになったんだと思って、うまいものだなあとすっかり感心しました。
石川　いや、わたくしが書いたところはありますが、ここはわたくしが書いたもの、ここは長野主膳が書いたもの、もう一つは他の者が書いたもの、その判別はあれを見ただけではとてもわからないでしょう。
丸谷　とにかくぼくは、全部先生がお書きになったという大前提で出発していますので……（笑）。
石川　長野主膳が掘ったわけじゃないけど、掘り出した骨が残っている。これを市辺忍《いちのべのおし》歯別命《はのみこ》だと鑑定したのは長野主膳ですよ。それは長野主膳が書いた写本にあります。長野主膳という人は、当時、刑死で打ち首ですね。切腹じゃなくて、切られた。そういう人だから墓もない。子孫が本を出そうにも、悪人の本は出さないですよ。著述はないんです。著述はないけども、骨はオシハノミコと鑑定した。これが危ない。オシハノミコの骨かどうかわからない（笑）。非常に危ない。
丸谷　怪しいですね。
石川　というのは、長野主膳は国学者であっても、考古学者ではないんですよ。だから骨の鑑定、これはオシハノミコだというのは、もう一種の神がかりですよ。しかし、オシハノミコとしても別におかしいことはないんだ、あそこに書いてある限りはね。

長野主膳のものは、門弟が筆記したその写本の片割れがわたくしの手に入ったということです。わたくしのあの小説全部を長野主膳が書いたんじゃない。長野主膳の盗作でもない（笑）。

丸谷　そりゃもちろんそうでしょう（笑）。

石川　ただ、長野主膳が、ある掘り出した骨をオシハノミコの骨だと鑑定したということは、長野主膳が書いた写本にある。

丸谷　これは史実なんですね。

石川　まことしやかに書いてある。

小説の方法とは……

丸谷　先生の作風のように、本が出てくる小説が西洋の最近の小説にはなかなか多いような気がするんですよ。サルトルの『嘔吐』、あれはド・ロルボン侯爵に関することを書こうとしている男が主人公なのですが、一九三八年に出た本で、先生の『普賢』は一九三六年に出てるんです。先生の方が二年先ですからサルトルの後塵を拝しているわけじゃないんだが（笑）、最近の、ナボコフとかボルヘスとか、今非常に評判になっている小説家たちの書くものには、一体に小説の中に本が大きく出てくるという傾向があると思うんです。これはいったいどういうことかと考えますと、ごく大ざっぱに言って、結局、文学的伝統、あるいは文明の伝統というものを大事にする立場、それを出したいという小説家が使う手法だろうと思うんですよ。文学的伝統を受け継いで、それを伝えようとする態度を表現するために一番具合のいい小道具は、やはり本ですからね。それが一つ。つまり一種の伝統意識、あるいは歴史意識の表現であるわけです。

第二に、自然主義的に外界だけにこだわる態度への反抗があって、そういう現実だけじゃなくて、もっと別の現実があるということを表現したい気持のあらわれ。

第三に、文学そのものに対する疑惑というのかな、あるいは本を書くことはいったい可能なのか、本とはいったい何だろうか、という疑問、それを読者に投げつける、もちろん自分自身にも投げつける、そういう気持があると思うんです。

つまり、この場合、いま作者が書いている本と、その本の中にある本とが合せ鏡みたいになって、世界が非常に複雑さを増して、厚みが出てくるわけです。そしてその厚みがもたらすものは、結局、文学という条件そのものをもう一ぺん考え直そうとする姿勢だという気がするんですよ。そういうことを、先生は一九三六年以来ずっと持続的になさっていると思うんです。

ここで一つおもしろいのは、まあ、最近は少し違ってきましたけど、在来の正統的な私小説のなかには、本が滅多に出てこないんですね。

石川　むしろ、本を嫌ってた。

丸谷　そうですね。本のことを書くのはキザで軽薄で、よくないことだ、というような態度だった。その態度の根本にあるものは、文学に対する一種の大変楽天的な考え方であって、本というものは書けるに決っているし、自分が書く以上、意味があるに決っている、そういうのんきな姿勢があると思うんです。そういう楽天的な立場に対して反措定を突きつけるのが、小説の中に本を置くという方法じゃないかと思うんですが、その辺はいかがですか？

石川　つまり、私小説のもとからいうと、大体自分の生活でしょう。裸になるとか、生《なま》とか言ってるが、言葉の大変低いところで間違えたような気がしてますね。自分の生活は現実一本で、それを書いて行く。本とつき合うということもまた現実生活の部分ですね。それなのに、本を非常に軽蔑したという傾向はある。だから怠け者の文学ではあるんです。

丸谷　そうなんですね。人間が本を読むのはごく当り前のことですものね。

石川　本を軽蔑するというと大変立派に聞えるかもしれないけれども、ちょっと現実からはずれている。現実放棄の疑いはあると思うんだな。現実と言ったって、自分の生活だけでしょう。そこはちょっとおかしなところだと思いますね。欠けているように……。現実という意味が非常に狭くなっちゃってね。本の方へ入って行ってそれを放棄するというのではなくて、最初から縁がないんです。

丸谷　最初から縁がない。

石川　うん、最初から行かない。だからそこが、わたくしは怠け者の書くものだと思う。読んだ後で放棄するというなら話はわかるけど……。

丸谷　たとえば坂口安吾なんていう人の立場は、読んだ上で放棄するという考え方じゃないですか？

石川　また、読んでなければ放棄もできないです。

丸谷　ええ。ぼくは坂口安吾の考え方は、安吾の小説の出来ばえとは別に、それなりに納得行くような気がするんです。

石川　書くということ、ことに小説のようなもの、これは結局エクリチュールということになりますね。エクリチュールとなると、ずっと昔にさかのぼって、たとえば縄文時代は壁に絵が描いてあったり、記号みたいなものが書いてあったり、いろいろしますね。あれがエクリチュールの初めでしょう。小説というものは、結局、エクリチュールの初めにもどってから書き出すものだとわたくしは思っている。

たとえば言葉というものが出てくる。言葉が出てくると言葉で書く。それで足りないところは絵を出す。あるいは記号を出す。代数式でもいいです。数学の式を出す。それから写真でもいいです。ということ全体が、小説の方法としてのエクリチュールの初めのそこにもどる。人間としては縄文へもどる。縄文以前でもいいです。いいですが、とりあえず縄文としますね。縄文の表現方式、それから始めるのが小説書きの仕事じゃないかと思う、方法論的に。そうすると、いろんなものがまじるわけですよ。そこが小説と詩の違うところですね。いろんなものがまじってくる。ソフィスティケーションと言いますか、つまり方法としてのソフィスティケーション。仮に宝石の玉があったとします。玉を磨くと光るのかどうかわからないが、磨けば光るものと仮定すれば、宝石の玉と磨き砂をいっしょに混ぜてごちゃごちゃやっているのが小説書きの方法ではないかと思う。

丸谷　それは文学と文学否定とをいっしょにするという……。

石川　そう、いっしょにしたということでもある。だからソフィスティケーションと言うわけです。非文学のものと文学をいっしょくたにして、出たものは、玉であってもなくてもいいわけだ。石だっていいんですよ。石だって磨けば大体光るだろうと考えることができるから。

丸谷　いっしょにして動かす。その運動が小説を書く、ということですね。

石川　そういうことです。つまり、玉とそれを磨く砂。砂の中には更に変なものが混っている。縄文という言葉があるから縄文と言いますが、壁でいいんですよ。原稿の紙は壁で、そこにペンとかのみで、絵なり字なり数式みたいなものを書いたところから始めるものだとわたくしは思うんです。

現実は自分の生活一本だという文士先生がその壁の手前で立ちどまって何かやっている。その方法は何かと言えば言葉でしょう。言葉を方法としていながら本は読まない。どうして読まないか。それは現実じゃないから。そんな馬鹿な論理はないですよ。それは怠け者の論理。そこがおかしいと思う。

詩と違うのはそこですね。詩にはソフィスティケーションが、まあ、あるかもしれないけど、小説にくらべるとすくない。

丸谷　まあ、単純なソフィスティケーションですね。

石川　単純という言葉をわたくしは尊重するんですよ。単純に書くということは非常にいい。単純に書くためにはいろんなものを放棄しなきゃならない。放棄するものが何もなくて単純であり得るはずがないですね。だから、本なんていうのは一番先に放棄するべき……。わたくしの本などは、一番先の中の一番先を争って放棄すべきものだ（笑）。

丸谷　そのためにはまず読まなきゃ。読まないで放棄ということはあり得ない。

石川　本屋さんの立場から言うと、まず、買えということ（笑）。

丸谷　それが実は今日の対談の狙いでした（笑）。

石川　本屋さんの論理は、まず買え。それでいいんです。買えということは一種の忠告でもあるんです。なかなかいいことをしてるんだ、本屋というのも。もうけてるばかりじゃない。

文学、時空を超えるもの

丸谷　たしか谷崎潤一郎が永井荷風の『つゆのあとさき』を批評して「退屈した隠遁者が人形を作って、目鼻をつけて、それを操ってドラマを勝手にさせて楽しんでるような感じがあって、そういうところが中国の小説を思わせる」というようなことを言っていましたが、ぼくは先生の『狂風記』を読みまして『つゆのあとさき』よりもっと中国小説に近い趣きがあると思ったんです。『つゆのあとさき』よりも、もっと荒涼としていて、もっとヴァイタリティがある、野性味がある。

先生は中国小説はかなりお読みになっていらっしゃいますか？

石川　いや、ろくに読んでいません。中国の小説はそれほど大変化はないですね。明治以後に入ってきた西欧の小説の方がよっぽどおもしろい。

丸谷　中国小説にあまり関心が……。

石川　いや、ないと言っては違うけども、そんなに感服しない。わたくしが感服するのは『水滸伝』とか『西遊記』。あとの明、清の代の小説はそんなに大したことないですね。

丸谷　たしかに『紅楼夢』なんかはあまりおもしろくないですね。

石川　ええ、やっぱり『水滸伝』に『西遊記』ですよ。

丸谷　『金瓶梅』なんかはどうですか？

石川　それほどわたくしは打ち込みませんね。

丸谷　『水滸伝』『金瓶梅』の世界も、さっきの『忠臣蔵』と『四谷怪談』の関係みたいになっているわけですけれど……。

石川　『忠臣蔵』と『四谷怪談』ほどの違いはないですね。あれほどがらっとは変っていない。『水滸伝』はわたくしは好きですよ。

丸谷　まあとにかくそんなわけで、『水滸伝』『金瓶梅』的な世界に、二十世紀の西欧ふうのシュールレアリスムを調和させれば『狂風記』の世界が出て来る、と説明すれば早わかりになるんじゃないかと思ったんです。

石川　しかし、そうおっしゃられても、わたくしにはよくわからない（笑）。

丸谷　もちろん御当人としてはそうでしょう。

石川　『西遊記』には孫悟空みたいないろんな奴が出てきていろいろやってるが、あれは結局、玄奘三蔵伝説のような気がするんです。玄奘三蔵は三蔵法師として出てきますね。玄奘三蔵の伝説を書くと『西遊記』みたいな形式になってくるけど『西遊記』の主人公としての三蔵法師はまったく無力でしょう。ただお経読んでるだけで、ほかに何の能もないわけですよ。そこへ孫悟空がつくということは、玄奘三蔵すなわち孫悟空、ということでしょうね。

丸谷　ええ、裏表ですね。

石川　玄奘三蔵の伝説を書くとすると、ほかにもいろいろ化け物が出てくる。そんなものは孫悟空対化け物の話ですよ。それは結局、玄奘三蔵の伝説の中に吸収されちゃうわけなんだな。
丸谷　そうですね。
石川　そこがおもしろいところだね。三蔵法師というのはいかにもひょろひょろした野郎で、何もできない奴みたいになっているけれども、実はあれは玄奘三蔵が全部やったことだというところですね。
丸谷　『西遊記』の玄奘三蔵というのは、ちょうど『義経千本桜』の義経みたいなものですね。義経のかわりに佐藤忠信が出てきて、狐に化けたり、吉野山で静御前を助けたり、大活躍をする。あの関係と非常によく似てますね。
石川　『西遊記』から『義経』へと話は飛びますけど、あれに静御前と忠信の道行があるでしょう。あれは全然恋人です。忠信といっしょに道行をしてる限りでは、静御前という女は忠信に惚れてますね。それでなきゃあの道行はできない。お軽・勘平の道行より一段格があがって、狐がついている。あれはよくできた芝居だ。
丸谷　歌舞伎の中の傑作の一つですね。
歌舞伎の話になったから具合がいいんですが、『狂風記』というのは現代の東京を書いているわけですよね。

石川　どこだか知らないけど。

丸谷　まあ、ごく普通の読者なら現代の東京と取るでしょう。現代の東京を『狂風記』でお書きになっている時よりも『至福千年』で幕末の江戸を書いていらっしゃる時の方が、作者は幸福だったんじゃないかな、という感じがしたんですよ。現代の東京は自分はあまり好きじゃないという感じ、それを作者が表現しているように思えました。自分はこういう場所にいるよりも、幕末の江戸にいる方がずっと好きなんだということを言っている。つまり、現代の東京には実は自分はいないんだということを言っている。その意味で一種のアリバイを出している。そういう長篇小説だという感じがしましたね。

石川　ところがわたくしは、幕末の江戸というものは本当のところ、よくわからない。つまり具象的にそっちへ入って行けない。漠然たる概念、観念があるだけ。後世から見ると、理想というものはだんだん過去の方に吸い取られて行くんじゃないかと思うしね。未来に向っての理想というのはあまり意味がなくなっている。理想というのは、大体未来に向ってあるわけでしょう。

丸谷　本来ならば。

石川　それがだんだん過去に向って具象的になって行くということで、過去が未来になるんじゃないかと思う。

丸谷　つまり、幕末の江戸とぼくが今言ったけれども、あれは幕末の江戸の話じゃないいんだということですね。実はあれは未来の話だと。

石川　わけのわからない話になってきたね（笑）。

丸谷　そうすると、アリバイの文学というようなぼくの考え方は、やはり間違っているということになりますか。でも一口にアリバイと言ったって、先生のは一筋縄のアリバイじゃないんですけどね。

石川　つまり過去に向って、何かそういう具象的なもの、理想に近いものがあるということは、未来に向って言うのと同じことですね。どっちも頼りがないんだと。たとえば、今、幕末の江戸とおっしゃったけれども、幕末の江戸がどういう世界であったかということはちっともつかめているわけではない。ただ漠然とそう思っているだけでね。それは信用すべからざるものですよ。

丸谷　それは、先生が望みを託しているのがいつも未来であって、未来に向おうとする力を信用しようとなさっているからでしょう。

石川　望みを託している未来とおっしゃったけれど、未来には何の望みも託していない。つまり絶望ということ。じゃあ、過去に向って、ということになると、これも絶望みたいな空漠たるものですよ。絶望にも何にも、ただ空漠たるもの。過去の歴史ということは、具象的には本当にはつかめないんじゃないかと思う。歴史家はいろいろ書きますが、あれは時代を書いているんだ。時代を書くなら書ける。実際には生活はつかめないでしょう。

丸谷　そうでしょうね。

石川　過去とか未来とかいうことは、本当はどこで区別をつけるのかな。中国の言葉で、千秋とか万古とか言いますね。万古というのは「古」と書くから過去のことかと思うと、そうじゃない。過去とともに未来にわたっている。この説は万古に変りないなんてよく言いますね。「古」というから過去か、過去は変らなくて未来は関係ないか。そうじゃない、あれは未来に向って言っているんです。日本語であの漢語にあたる言葉はちょっとないでしょう。万古という言葉は、未来と過去の時間をいっしょにしているんですよ。

丸谷　そういう時間論であるわけですね、先生の小説は。

石川　そうでないと都合が悪いということもありますがね。

丸谷　うーむ、だから単なる隠遁者じゃなくなるわけですね。つまり、隠遁者にしてかつ戦闘者――塚原卜伝ということになる（笑）。

倚松庵日常

谷崎松子
丸谷才一

1

丸谷　谷崎先生と奥さまは大変な贅沢をなさったと言われてますが……。

松子　贅沢……ございましたかなあ、そんなに。そういうことを改めて考えたことなかったんですけど、衣食住のうち、住は全然。

自分で家を建てたのは湯河原の吉浜、あの終焉の家でございますね。あれがはじめてなんです。それから手を入れて入ったのが岡本……中国風のね。あとはほとんど借家。

丸谷　では食のほうですね。食通でいらしたから。

松子　食通ですかどうか……。

丸谷　大食、のほうですか（笑）。

松子　大食も大食でございましたね。

丸谷　亡くなられる前日まで随分食欲がおありだったそうですね。

松子　はい、もう尿毒症を起しておりましたのに。ちょっとあり得ないくらいに。

丸谷　ぼくも死の前日まで、しきりに食べてしきりに書く、というふうにしたいものですね。

松子　ほんとに書かなくなったのも前々日、三日前まで書いておりましたですね。

丸谷　やはりねえ。最後まで現役作家だったわけだ。いいですね、そういう一生は。

松子　まったくの大往生でございますわね。

丸谷　よく召し上ったのがよかったんだな。

松子　古川緑波さんとはよく行き来をしておりましたの。あの方も大変な食通でいらっしゃって、谷崎がいろんな意味で好きでしたから。それで酔うとお得意の声帯模写が始まって、でも決して谷崎の真似だけはなさいませんでしたわ。前では。

その緑波さんにお食事お出しして、お食後もすんで、二人とも大変ご機嫌になって、そのとき主人が私にかお手伝いにでございましたか、「明日はこういうものにしてほしい」と申しましたの。そしたら緑波さんが、もうたらふくいただいたそのあげくに明日は何を食べたいって、これには負けた、やっぱり上だって（笑）、そうおっしゃいました。

丸谷　なるほどな。それはいい話です。とにかくすごいヴァイタリティなんですね。

松子　まあよく食べてるので、東大のかかりつけの先生も、何度か危ないところを脱け出しているとおっしゃいました。だから最後のときも、今度もまたそれが起るんじゃないかという希望さえ持っておられたんですよ。

丸谷　お医者に希望を持たせるというのはいいことですよ。谷崎先生が贅沢をなすったのは、かなり文壇的地位を得てからのことでしょうけど、奥さまはお小さいときから贅沢をなすってたわけですよね。

松子　いえ、そんな大して……。

丸谷　しかし上方《かみがた》風の贅沢でしょうから。先生は東京だし、そこにいろいろとズレがあったと思うんです。とくにお好きな召し上り物って、何でしたか。

松子　それが大変贅沢なものを言ってるかと思うと、ときには子供のころ食べたものを思い出して、急に食べたいと言い出したり。たとえば東京でよくお惣菜にいたしますね。お魚を煮て凍らして……。

丸谷　煮こごりですか。

松子　はい、煮こごり。それとかヒコイワシをお団子にしておつゆに、何と言いますの。

丸谷　つみれ。

松子　つみれにして。私はどうも関西のものしかよくわからなくって（笑）。そうかと思うと「笹の雪」のお豆腐が食べたいからと取りにやったり、納豆にしても水戸から取り寄せたり。

丸谷　納豆は、上方にはあまりないものなんでしょう？

松子　ええ、あのにおいがあまり上方では好まれないようですね。

丸谷　私の新潟高校のときの同級生で、お母さんが船場《せんば》から来た人、という大阪の男がいるんですが、彼は納豆というものを知らないで、甘納豆と思ってみやげに買って帰った。昭和十九年の夏休みですけどね。家ではどう食べるのかよくわからなくて、みんなで会議をして、結局、味噌汁に入れて食べたそうです。

松子　戦前の船場の方なんか、とくにそうかもわかりません。

丸谷　すると先生は、上方にお住まいになってるときでも、納豆をよく召し上ったわけですか？

松子　はい、阪神間にいましても、水戸から取り寄せてね。

丸谷　それはやはり贅沢だな（笑）。

松子　もうアドレスブック見ましたら、食べ物屋の名が実に克明に書いてございます。おうどんも、稲庭うどんとか……。

丸谷　秋田の？

松子　ええ。ちょっと細めのね。思い出したら私、取り寄せたくなりました。なつかしくなって。

丸谷　合間合間にはそういうのもいいでしょうけど、濃厚なもののほうはどうですか。

松子　淡泊な京料理のようなのもずいぶん好きでございましたね。中華料理もですけど。
丸谷　それは谷崎潤一郎における支那趣味というのがありますものね。まあ、上海《シャンハイ》にいらしたわけですから。
松子　やはり上海で本格的な中国料理をいただいておいしかったんで、それを追う気持があったんでしょうね。それは上手に、取合せよく注文をいたしますんですよ。
でもおかしなこともございました。レストランに行って、生ガキなんか出ますでしょ。すると「これ志摩半島のか？」ってよくきいてから、深海のものでないといただきませんでした。チフスがこわいからって。それは病気をこわがっておりましたから……。
丸谷　先生は病気と地震がこわかったらしいですね。
松子　そうなんです。ずっと昔、曙町に今東光さんのお家があって、谷崎があの近くにおりまして、泊めてもらってたときに、地震があったら、今さんのお母さまの部屋へ逃げ込んだそうです。一人でいられなくて。
丸谷　ご病気のときは模範患者だったとか。
松子　はい、よく言いつけを守りました。でも狭心症で東大病院に入ったときは、上田先生が食欲のこともよく理解してくださいましたから、私の名前でもう一室取りまして、そこでお料理を……病人のね（笑）。ときどきすきやきのにおいなんかさせて。今思い出すと、冷や汗が出ます。

丸谷　それは、そのお医者が愛読者だったんですね。何とかして便宜をはかりたくなるという、その気持はわかりますよ。これは住のほうの贅沢の話に入りますね（笑）。

松子　まあ、すきやきなんかは、どちらかというと嫌いなほうへ入りましたですね。ご馳走と思わないって。

丸谷　なるほど。あれは書生の料理ですから。

松子　でも猪鍋はよく食べましたわ。戦争中で何もないときだったからですけど、熱海におりまして、わざわざ伊東まで取りにやって……。ニンジンとかゴボウを入れて味噌汁で。覚えておりますわ。私は嫌いでしたけど。

丸谷　奥さまは猪は嫌いですか。

松子　はい、血を荒らすとか申しますでしょ。

丸谷　タコと芝居は血を荒らすって言いますけど、猪もそうですか（笑）。

松子　古傷が出るとか申しませんか。

丸谷　ああ、猪《しし》食った報いのことですか。

松子　何だか猪ときいただけで、恰好を思い出してこわいんです。それから鮟鱇ね。冬になると食べたがりました。主人は臓物ばかりいただきますの。へんなとこを。

丸谷　いや、あれは臓物がうまいんです。

松子　そうですってね。身だけいただきますと、いちばんまずいとこ食べてるって……。

丸谷　でも、ご夫婦としてはいい組合せですね。

松子　鮎をいただきますでしょ。私、ワタのとこ残しますんですよ。何でも苦いと毒みたいな気がしてね。すると主人があとを食べてくれます、必ず。

丸谷　お寿司のエビのおどりをご主人が食べて奥さんが頭をあぶって食べるのが好きというご夫婦がいますが、これもいい組合せですね。

松子　家では、エビ使いましたら、頭をコンガリ焼いて、熱くお燗をしたお酒を入れて、エビ酒にしていただきますの。主人が好きでした。

丸谷　うまそうですね。それは今度やってみましょう。なるほどお酒の話を忘れてました。

松子　日本料理には日本酒でした。今でも私がいただいておりますのは「呉春」と申します池田のお酒。水がよろしいせいかいいお酒で。

丸谷　たしか『文章読本』の中でしたか、酒は辛口がいいが、文章は甘口を好む、というのがございましたね。

　すると中華料理のときは、中国のお酒を。

松子　はい、洋食のときはワインで。ウイスキーよりもブランデー系統を好みました。ブランデーのほうが香りがいいと。

丸谷　そうでしょうね、ウイスキーは酔うために飲むものだから、酒の通はウイスキーの銘柄を論じないものなんですよ。

2

丸谷　着道楽ということはございましたか。
松子　やはり相当難しゅうございましたね。
丸谷　どういうお好みでしたか。
松子　年がいきましてからは、何がいちばんらくかと考えますんですね。毛糸で編んだものをこしらえてみたり。
丸谷　面白いな。発明が好きなんですね（笑）。
松子　さて着てみたら何となくそぐわなくてまた着物にするわけですね。普段着にいいと思って大島の対《つい》をこしらえますでしょ、すると「何だ、こんなの着たら政治家みたいだ」とかね（笑）。実業家みたいだとか、銀行員みたいだとか、それはよく当てはまることを上手に言う人なんです。
丸谷　ご自分が選んでよくないときは、そういう辛辣な批評はなさらないわけですか。
松子　いえ、それでもなかなか……（笑）。で、結局落ち着いたのが、写真によく写っておりますけど、袖無しの甚平。書きものをしても袖が邪魔にならないし、肩が凝らないんで、もう制服みたいにしてました。
丸谷　仕事着ですね。外出のときはお洒落をなさったでしょう。

松子　ええ。どうも関西風はニヤけてると申しまして、東京の商家の旦那、という風な好みだったと、私は思います。
丸谷　そうでしょうね。納得がいきます。
松子　結城でも平結城の、藍縞。ちょっと赤が入っても好きでしたね。唐桟《とうざん》ね、つまり。
丸谷　袴なんかにも凝っていらしたでしょう。
松子　はい、結城紬の無地で作りましたり。
　戦争中でも大変でございましたよ。やはりもんぺをはかないといけませんけど、普通のもんぺはいやだと申しまして、六代目（菊五郎）がはいていた裁着袴《たつつけ》というの、あれを安田靫彦さんに仕立て方を手紙で伺ったりして。
丸谷　男の衣装にそれだけ関心があるとすれば、女の衣装にもずいぶん詳しかったでしょうね。小説をお書きになるとき、奥さまにご相談なさる必要がないくらいですか。
松子　はい、言葉の点だけでございました。『細雪』の。間違ってないか、と言って原稿を見せてくれたのはそれだけでございますよ。
丸谷　あのとき着てたあの着物は、といったような質問はなかったわけですか。
松子　そういうことはときどきございましたね。一度、志賀（直哉）さんと里見（弴）さんとにえらくほめられた着物がございましてね。それが自分で思い出せないんで、何を着て行ったのか思い出してほしいって。私、とうとうわかりませんでしたけど。

丸谷　大変失礼ですが、奥さまのお話の仕方はこういう風に人称代名詞が省かれていてわからないんだけど（笑）。奥さまのお召し物ですか、それとも先生のほうの……。

松子　はい、主人の（笑）。そうなんですね。私、いつでもそう。ほんとにハッキリしないって言われるんです。書いてもそうでしょう。

丸谷　ええ、そうです。それがとってもいいんですよ。その話はまたあとでしますけど。先生は文房具なんかにも、これは商売道具だから、凝っていらしたでしょうね。

松子　あんまりそれは贅沢じゃございませんでしたね。

丸谷　では書画骨董のほうは。

松子　それは、自分で凝りかけたら、自分の目が承知しないで、大変なお金がかかりますし。ずいぶん大勢の人をみなくてはなりませんでしたから、かじってる者が多うございましたからね。そこまでまわらなかったんでございますけれども。

お茶もあんまり……お茶のわびは嫌いだって申しましてね。やはり茶道具類に凝るということはございませんでしたわね。でも陶器などに、かなり目はこえておりましたけど。

丸谷　そうでしょうね。

何か、これはいかにも上方の普通の人の贅沢と違って、東京の文士の贅沢だなと、お感じになるところはございませんでしたか。

松子　そうですね。それは、気分的な贅沢ということのほうを強く感じましたですね。

丸谷　それはどういうことでしょうか。

松子　贅沢というより、わがままって言ったらいいんでしょうかね。

丸谷　いや、私はその言葉を出したかったんですけど、多少遠慮した（笑）。そのわがままの話を少し伺わせてください。

松子　とにかく関西ではあまり聞きつけない言葉で、ちょっと異様に感じましたのは「これは不愉快だ」という言葉。私なんか、まあ鈍いのかもわかりませんけど、こんなことでそんなに不愉快かしらというようなね。

それから熱海に住むようになって、志賀さんと行き来が始まりましたら、志賀さんもよく「不愉快だ、不愉快だ」って（笑）。お書きになることにもよく出るんですね。

丸谷　ええ、志賀直哉はむやみに多いですよ。

若いころに書いたものなんか一ページに一つぐらいずつ出てくる。おそるべきものですよ（笑）。

松子　ねえ。これは東京の人って、こんなに不愉快になることが多いのかと思いました。

丸谷　それは非常に面白いですね。あのころの東京の文学者はむやみに不愉快がった。一つには個性の主張、自我の主張というんですか、それが非常に強くないと、文学ができない時代だったんじゃないでしょうかね。

松子　ああ、それではじめてわかりました。それを不思議に思ってましたの。

丸谷　山崎正和さんの『不機嫌の時代』という本は、要するにその不愉快を研究した本ですよ。非常にいい本です。

　人間関係の好き嫌いというのは？

松子　激しゅうございましたねえ。

丸谷　そうでしょうね。

松子　新聞社や出版社の方に、谷崎は鬼門だって言われてたそうですね。

丸谷　よほどお気に入りの人でないと原稿渡さないとか。

松子　そうですね。

丸谷　お手伝いさんの好き嫌いもひどかったそうですね。

松子　はい、性質がいいとか、よく働くとかにかかわらず、何か声一つでも気になるんですね。あれは地ばえのする声だからいやだとか。

丸谷　ジバエって何ですか。

松子　地を這うと書く……。何か変に低い。

丸谷　陰にこもった……。

松子　はい。ほんとにそう言われると、そういう感じの声でしたね（笑）。

丸谷　そりゃ言葉の天才ですものね。声の形容くらい何でもない。地面を這うような声って、いやな声なんだな。地震恐怖と関係があるかもしれない（笑）。

松子　洒落も上手でしたね。もう生き生きと言葉遊びをいたします。たとえば、ジャン・マレエのことをジャム・マーマレード、ラナ・ターナーはダンナ・サーマ、ロナルド・コールマンは、ドナルト・オコルマンとよび、ジャン・ギャバンのことを鋏の落ちる音の人といったりいたしました。

3

丸谷　さっき奥さまの言葉に、人称代名詞が省かれてるという話をしましたが、それに関連したことです。谷崎先生の『文章読本』が、昭和九年に刊行されてるわけですが、ちょうど、この年から奥さまと一緒に生活なさるようになったんですね。それやこれやから考えて『文章読本』前後に、先生の文章に対する考え方がガラリと変った、ということから、私はこれは奥さまから受取った恋文の文体に影響されたんだという説を立てているんですよ（笑）。

松子　まあ、恋文……。

丸谷　よろしいでしょう。もう（笑）。『倚松庵の夢』という奥さまの随筆集を拝見しましてね。およそあれほど初期の谷崎潤一郎の文章――つまり、主語がきちんとあって目的語があって、述語は何を受けているか、副詞はどこにかかるかがきちっとしてるという英文和訳みたいな文章ですよね。そういう文章と全く違う文章を、明治維新以後の日本に求めるならば、これは奥さまの文体だろうと思いました。ことに奥さまが谷崎先生とご一緒になる前にお出しになった手紙は、なおさらそういう傾向が強かったんじゃないか、と考えましてね。それで奥さまの恋文の影響で、谷崎潤一郎は『文章読本』を書いた、というのがぼくの仮説なんです。これは何度も書いたことがあるんですけどね。奥さまのご意見を求めると、否定なさるかもしれないなあ（笑）。

松子　いいえ。『文章読本』を読みましたときは、それは余韻ということはわかりますけどあんまりこれ謙虚すぎやしないかしらと、書き方が。そんな感じがしました。

丸谷　つまり、それまでのご自分の文章に対する否定的な面が大変強く出ていますね。それを謙虚とおっしゃるわけですね。そういう自己批評のきつさと、奥さまがお書きになった手紙の文体との関係があるに違いないというのが私の推定なんですよ。これはまあ、私がそう思ったら最後なんだな（笑）。そのころのお手紙、今ございますか。

松子　ございません。

丸谷　先生のお手紙だけが残ってるわけですね。証拠物件を、文学者はなくしてしまうものなんですね。

松子　それと、日記を焼きましたですね。

丸谷　ご自分でお焼きになったんですか。

松子　はい。和綴じの厚いのが、十冊ぐらいございましたが。
丸谷　それはいつ焼いたわけですか。
松子　亡くなる前の年くらいだったですか。
丸谷　はーあ。
松子　どんなに捜してもございませんの。
丸谷　すると奥さまの知らない間に。
松子　はい。誰に聞いてもわかりませんの。焼くはずがないと思っておりましたけど。書ける間はずっと書いておりましたからね。手が痛くなるまでは。
丸谷　すると何十年間にも亘る日記ですね。
松子　はい。戦前からの。まあ、創作ノートは別にございますけど、その日記があればと思いますでしょう。
丸谷　するとぼくの仮説を証明する材料は永遠に滅び去ったわけだ。で、ますますぼくの仮説は強固なものになるわけです（笑）。
松子　でも、私の手紙はあるかもしれませんですよ。確かにひと鞄にございましたから。
丸谷　それはぜひお捜しになって、将来発表なすってください。日本の文章の歴史にとっての大きな材料ですから、私することなく。
これはいわゆる伝記批評的な興味ではなくて、文体論の問題として、非常に大事なことだと思ってるんですよ。
松子　それでは、よく捜してみます。
丸谷　では少し今度は伝記批評的なことになりますが、奥さまが先生と最初にお会いになったのは？
松子　昭和のはじめですかしら。四年にいま観世栄夫と結婚しております娘が生れておりますから、その前ですわね。
丸谷　奥さまが芥川龍之介とお会いになるときに谷崎先生が一緒にいらして、それでお会いになったということでございますね。
松子　はい。
丸谷　そのときもう、何か感じられましたか。
松子　そのときはね、芥川さんに紹介してほしいって頼んであって、芥川さんが好きでございましたから。それでお会いしましたから、芥川さんのほうに惹かれておりまして……。
丸谷　別に谷崎先生には関心なかった。
松子　はい、関心なかった。
丸谷　具合悪いなあ（笑）。
松子　正直に言います（笑）。
丸谷　でも、谷崎先生のほうで奥さまに関心を持ったというのはお感じになりましたか。

松子　はい、それは感じました。

丸谷　やはり敏感なものですね（笑）。

松子　すぐに誘われましたもの。その次も芥川さんとご一緒でしたけど、そのころ、道頓堀のほうにユニオンというダンスホールがありまして、そこへ参りましたの。まあ芥川さんは踊られませんから、谷崎とばっかり踊って。

丸谷　やはりダンスをちゃんと練習しておかないといけませんね（笑）。

松子　芥川さんはジッと、見ていらっしゃいました。その翌年でございますものね。芥川さんがお亡くなりになったのは。

丸谷　そうですねえ。じゃあつまり、谷崎先生のほうからの一目惚れというのは非常にハッキリしてるわけですね。

松子　それはね。まあ……（笑）。

丸谷　くどいようですけど念を押しておかないとね（笑）。

松子　それからはこちらも惹かれましたが。

丸谷　すると『倚松庵の夢』のいちばんのサワリのところの、三味線の音を伴奏にしてラブシーンというのがあるでしょう。あれはどこだったでしょうか。

松子　あれは魚崎。

丸谷　魚崎で谷崎先生に言い寄られるときなんかは、もう少しも意外な感じはなさらなかったわけでございますね。

松子　はあ、歌が手紙でずいぶん……。

丸谷　なるほど、そういう事情がおありになるわけですね。奥さまが先生の和歌に対して、私の評価よりずっと甘い評価をだしていらっしゃるのは（笑）。ぼくは和歌というとすぐに後鳥羽院や定家と比べちゃうから、点が辛くなっても無理ないけど。

松子　それが谷崎の家集を秦恒平さんのお骨折りで、この春の十三回忌に出していただくことになりましたの。歌集でなく「家集」を。

丸谷　それはよろしゅうございますね。家集のほうが本格なんです。あれはつまり、家を代表して歌を詠むというわけなんでしょうね。

松子　もうお家流と一緒でございますけどね、谷崎の歌は。でも私は最初、谷崎に歌を直してもらって、それから佐佐木信綱さんが熱海なんで、主人が連れて行ってくれまして、十何年か弟子入りいたしましたね。いずれにしても、今度の家集は古い歌ばかり……。

丸谷　ぼくは明治維新以後の和歌では与謝野晶子、吉井勇がいちばんいいという考え方なんですよ。アララギの歌は茂吉の歌ですらどうも感心しなくて。連歌師の詠んだ歌までが歌であって、それ以後の日本の歌はだめだ、というくらいの過激な立場なんですから、私に歌をけなされても、一代の文豪、決して困らない（笑）。

松子　私から伺いたいんですが、どなたの歌がいちばんお好きでいらっしゃいますか。

丸谷 後鳥羽院、定家。それに定家の父の俊成の歌ですね。俊成の歌はとても幸せな感じがして、柄が大きくて、一首一首が練り上げてあって、結局いちばん好きですね。
後鳥羽院も定家も、歌が多いから駄作もありますよね。しかし俊成はほとんど駄作がないんじゃないでしょうか。みんな水準以上のものばかりです。
松子 いいことを伺いました。私、俊成を大いに勉強します。女では。王朝の。
丸谷 式子内親王でしょう。
松子 やはり。
丸谷 結局、新古今の時代がいちばんいいと思うんですよ。和泉式部もなかなかいいけど、どうも激しすぎましてね。気持が落ちつかないです、ヌードを見ているようで（笑）。与謝野晶子の歌が激しいどころじゃないですからね。もう少しベールをかけてあるほうが好きですね。式子内親王くらいに。
松子 気品があってよろしいですね。
丸谷 あの人が定家とほんとに恋人だったかどうかというのが、昔からの疑問ですけどね。
式子内親王は年が上すぎるからそうではないというのが、今の国文学者の通説ですけどぼくはそのくらいの年の違いは何でもないだろうと思ってます。ところでその家集は、先生の歌だけですか。
松子 はい。あとがきを私がちょっと。それから主人が亡くなりましてからあとの、私の歌を二、三首入れさしていただこうと思って。

丸谷　なるほどね。やはりこれはダンスも歌も、非常に大事だってことだな（笑）。

松子　そのダンスですけど、私もう恥しいくらいで。主人のダンスというのは、その前に佐藤（春夫）夫人から聞いておりましたのよ。あの人のダンスは、とにかく汽車が驀進していくみたいに……そういうダンスだったわ、ということはね。

丸谷　ははあ、情報が入ってたわけですね（笑）。

松子　ほんとにそのとおりなんですね。誰にぶつかろうが驀進する。もう恥しくて恥しくて私。手をまっすぐ伸ばしたまんまでこういくの。まるで機関車みたいでしょう。大変なダンスで……。

4

丸谷　日記が焼かれたのは大変残念ですが、奥さまは少しもお読みになっていらっしゃらないわけですか。

松子　ところがそれが、読んだらいけない、その部屋に入ったらいけないってことになってますけどね。もう出てる間に、映画にでも行ってる間にちょこちょこっと入って読みますの（笑）。主人は、知らないんです。原稿でもそう。私の鷹揚さみたいなとこが自分は気に入ってる、と書いてるわけですけどね。あれは『雪後庵夜話』でしたか。

丸谷　原稿や日記を見ようとしないと……。

松子　ええ、興味を示さないところがいいみたいにね。ところがそんなことはない（笑）。ちゃあんと内緒で、進行ぶりも見てるんですよ、ときどき。今だから申しますけれども。

丸谷　もう大丈夫ですよ。叱られません。

松子　でも、夢に立ちますから。

丸谷　夢でお会いになることができれば、叱られたっていいじゃないですか（笑）。

松子　はい、でも生前気づかれましたですよ。

　気をつけているものの、フッとやはりね、日記で読んで知ったことを言ってしまったわけです。忘れもしません。新村出先生の奥さまが、大変谷崎のものを読んでいらっしゃいましたそうで、そのことを新村さんのところへ行って、聞いて嬉しかった、と書いてある。それを私がうっかり言ってしまって「新村さんの奥さんが、とてもお好きだったんでしょう」なんて。フッと。

丸谷　なるほど、言いそうですなあ。

松子　自分では話で聞いたことと、日記で読んだこととちゃんと区別してるんですけどね。やはり悪いことはできません（笑）。

丸谷　面白いですね。で、奥さまがご一緒にお暮しになってから最初に出た本が、さっき申し上げた『文章読本』ですね。その次が『摂陽随筆』ですか。それから『武州公秘話』。

松子　私が知りあったころは、まだ『蓼喰ふ虫』を書いておりました。
丸谷　先生のお書きになったもの全体の中でとくにお好きなものをいくつかあげていただけますか。
松子　そうですねえ……。私、いちばん好きなのは『少将滋幹の母』『陰翳礼讃』、それから初期のもので『刺青』とか。
丸谷　なるほど。これは『細雪』を除いたところが非常に面白い。
松子　そうでございますか（笑）。
丸谷　やはり『細雪』は、ご自分でおっしゃるのは具合悪いでしょうね。
松子　そうでございますね。でも、私なんかから考えてみますと、やはりあんまりわかりすぎてて、楽屋裏が。
丸谷　そりゃそうでしょうね。
松子　全然違いますわね。一般の方がお読みになるのと、こう……感じ方が。
丸谷　やはり素直に愉しめないでしょうね。それは当り前なことかもしれない。
松子　本当のことを言えばそうなんです。
丸谷　その点やはり『少将滋幹の母』というような場合には、もっとうっとりと、いい気持になるってことができますよね。
松子　はい。

丸谷　『陰翳礼讃』を、三つのうちの一つにお入れになったのも面白いですね。全部小説ではなくて、批評を一つお入れになったところが大賛成です。あの作品はほんとに文章がうまくってね。あの文章は特に出来がいいんじゃないでしょうか。

松子　私もそう思います。

丸谷　文章としてはいちばんいいかもしれませんね。小説の名人がうんと力を入れて書いた批評というのは楽しめるものなんですよね、読者としては。ところで、先生が奥さまから受けた影響というと、さっき言った文体のことが大きいわけですが、先生が一所懸命、お習字をなさるようになったというのも影響の一つじゃないでしょうか。

松子　さあね。光悦流を習っておりましたけど。何かの暇ができたころでございましたから。でも、よく似てるって言われましたね。

丸谷　奥様の字とですか？　ぼくは全然違うような気がするな。

松子　そのころだけ、非常に似てるって言われました。

丸谷　やはり影響ですね（笑）。

いろんなことをするから人生

里見　弴
丸谷才一

1

丸谷　今日はまず、昔の文士というようなことからお伺いしたいんですが、大勢お会いになった中で、いかにも文士らしい文士というのは、どんな方でしたか。

里見　文士という言葉だがね、「白樺」を始めた時分には、使われていなかったな。ぼくらは小説家とか文学者とか呼ばれたものだ。まあぼくはそれほどつきあいが広くないんだ。泉（鏡花）先生はむこうでいろんなことを教えてくださるから、ぼくも弟子のような顔をして、だいぶ経ってから「先生」と呼ぶようになったけどね。

それ以外は「新潮」の毎月の合評会、僕はあんまり出なかったけど、そこでいろんな人の顔を知った。

丸谷　あの合評会は、発言者の実名が出て発表されるんでしたね。

里見　そう。「白樺」のは、A、B、Cだけどね。名前でなく。そしたら志賀（直哉）がね、『暗夜行路』の批評が気にさわったらしくて、「B、A、K、Aなんて載せてるが、誰の発言かすぐわかる」と書いてたな。なんだ、これ、誤植かなと思ったら「バカ」と言ってるんだね（笑）。

丸谷　すると、「白樺」以外でお親しかったのは泉鏡花だけですか。

里見　北原白秋ともよく行き来していた。「朱欒《ザンボア》」という雑誌を出したとき、表紙描けっていうから描いた。字じゃなく、絵だよ。

それから徳田（秋声）さんにも大いに叱られてね。新聞に彼の悪口書いたから。

丸谷　それはどういう……。

里見　島崎（藤村）さんのに続いて、徳田さんが、これも、貧乏のために子供を失くす話を書いたんだよ。島崎さんのが『犠牲』という題で、徳田さんのが『犠牲者』だったかな。それで徳田さんのが出たとき「犠牲というのは、偉大な者のために、やはり偉大なものが身替わりになることだが、果たして親が、死んだ子供に比べて偉大と言える者であったかどうかわからない」と書いたんだ。

そしたら同じ新聞で「私も子供を失って寂しいのに、鈍刀で鋸引きにするような批評をされた」って。徳田さんが。

丸谷　ひどい話になっちゃった（笑）。

里見　あとでまたほかの会で、馬場恒吾っていう政治評論の人に、徳田さんがぼくを紹介するのに「里見君はなかなかの豪傑でねエ」なんて言ってんの。まだ根に持ってたんだ（笑）。だけど、非常にサッパリした人でね。

丸谷　藤村とはどうでしたか。

里見　島崎さんは、生馬（有島）がたいへんな崇拝者だったからね。

丸谷　なるほど、そうですね。

里見　手紙をやり取りしていたらしくて、小諸へ行って先生にお目にかかるというわけだ。帰ってきて話を聞くと、味噌汁とおこうこっきゃ出さなかったとかね（笑）。

それから間もなく生馬は西洋へ行っちゃって、島崎さんは『破戒』の書きかけ原稿持って東京へ出てきて、西大久保に借家してたわけね。そしたら生馬んとこから、絵の複製を送ってよこして、これこれはぼくらにやるとか、これこれは島崎先生に届けてくれってのが来たんだよ。それで行ってみると、農家だろうなあ、茅ぶきの家だったよ。玄関でだいぶ待たされて、出てきたんだけど、髪はボウボウで、フケが肩にいっぱいでね、黒い木綿の羽織着てるんだけど、払ったらよさそうなもんだのに。

丸谷　フケ性《しょう》なんですかね。藤村は。

里見　ぼくが二十とすると、三十五くらいのときかな。それにしちゃかまわなかったねえ。

それから新片町で島崎さんの奥さんが亡くなったとき、お悔やみに行ったら、これも小さな家だったけど、玄関のすぐ隣りの部屋で、田山花袋と話しこんでいたよ。花袋の顔ぐらいは雑誌の写真で見ているからわかるんだ。真ん中にある火鉢には、煙草の吸いさしの突っこんだやつがもう百本どこじゃないの。

で、そこから島崎さんは麻布の飯倉に越したんだが、これも小さな家だったよ。

今と、以前の文士の、どこがいちばん違うっていったら、大きな家に住んでるのと、小さな借家に住んでるのと、これがハッキリした違いだね。

丸谷　そうでしょうねエ（笑）。

里見　逍遙と鷗外だけじゃないかな。自分の家持ってたのは。夏目（漱石）さんだって、借家だからね。

丸谷　逍遙は大学の先生の給料で、鷗外は陸軍の軍医としての給料で、家が持てたんですね。

里見　露伴にして借家、尾崎紅葉も借家。

原稿料なんてメチャメチャなものだったからね。泉さんが話してくれたけど、いちばんはじめにもらった『冠弥左衛門』に対する礼が、醤油の五合瓶一本だっていうから。

丸谷　そりゃひどい。せめて一升……（笑）。

里見　それが酒ならね。いちばん高いのが紅葉だったろうけど、一枚十銭ってもんだろ。『金色夜叉』がたいへんな人気で、読売新聞の売れ方が大いに違ったから、厚遇されたはずだ。しかし体が弱かったから、やたらに休む。休載が続いて、ひどいときは一週間だ。

丸谷　里見さんも休載で有名だったんじゃないですか。『今年竹』のときか『多情仏心』で。

里見　『今年竹』だね。途中でぶった切られた。

丸谷　「前編おわり」と書かれたんですね（笑）。

里見　そしたら久米正雄が「あなたも新聞小説の前科者になったから、もう頼み手ないな」なんてね。空地ができたみたいに言ってたよ。

丸谷　昔は新聞小説で休載できたんだから、ずいぶんのんきなものですね。

里見　だけど、ぼくでおしまいだろうね。

丸谷　文語体の小説も、里見さんが最後じゃないですか。

里見　ああ、『ムス武遺聞』ね。娘師といって土蔵破りの武五郎という、それでムス武というやつの話なんだ。

そしたら徳富蘇峰が、ムス武がしくじりをして落ちめになったところで〝遂にぽしゃる〟と書いたことを面白がって、文語体の中に当世風の言葉を入れたのは偉いって。つまらないことをほめられちゃった（笑）。

丸谷　やっぱり偉いな、そりゃ。

するると、里見さんにとって、菊池寛とか久米正雄は先輩じゃないわけですね。そうなんだなあ。どうもさっきから伺ってて時代順がよくつかめなくなって。硯友社の作家が先輩作家に当るわけですよね。自然主義作家はどうです。

里見 そうね。先輩にゃ違いないけど、縁がなくてあんまりつきあわなかった。しかし白鳥（正宗）さんにしても、同輩的な言葉の使い方をしてくれて、こっちもそう奉らなかったね。正宗さんは、ずっとあとで何かで会ったら「芸術院の寄り合いに君はちっとも出ないけど、金もらってんだから、一度も顔出さないってのはいかんよ」って（笑）。おかしくもあるし、なるほどこういう人はそう考えるのかと思ってね。

丸谷 正宗白鳥が言うと、妙に筋が通ってる感じになりますね。

2

丸谷 昔の貨幣価値を考えると、原稿料は今より使いでがあったんじゃないかという気がしますが。

里見 何もかも安上りの時代だったからね。尾崎紅葉なんかはずいぶん、芸者遊びをしたらしいけど、そういうことができたんだ。

丸谷 芸者遊びしなくちゃ、昔の小説家は書けないわけでしょ。取材ですよね。

里見 うん、取材だとも。三越が「時好」という広告雑誌出しててね、今何が流行《はや》るということが書いてあるわけだ。それをお得意さんの家へタダで送る。そしたら紅葉が鏡花にね、お前はどっかいいとこの奥さんのところへ行って、「時好」をもらってきなさいって。あれで着物調べておかなくちゃだめだよっていうのね。教科書なんだよ。小説の。

丸谷　なるほど。昔の小説家は着物のことくわしく書きましたからね。読者がそれみんなわかったのかと思うくらい。

里見　わからないのが多いだろうねえ。だけど、ほんとに書いたね。

丸谷　しかし「時好」で調べるのはいい手ですね。安上りで。

里見　そうだよ。

丸谷　当時の文士が、芸者遊びできたということは、あまり金がかからなかったんですか。

里見　あんまりいいとこでは遊ばなかったようだからね。柳橋ならいい方で、神楽坂が多いんじゃないか。それに小山内薫なんてのは、たいへんな金持がついてたから。

丸谷　するとお供をして行くわけですか。

里見　そう。高等幇間みたいなものだ。吉井勇もそうだよ。あのころの金持は文士とか、芸人を贔屓にして面倒みてね。そういうのを引きつれて女遊びに行くんだ。

丸谷　それが当時の流行ですか。

里見　そうね。だけどそういうのはわりに昔からあって、井原西鶴のごときはパトロンの腰巾着だよ。『好色一代男』の世之介なんかいいとこのお坊ちゃんに書いてあるけど、勘当されてケチな遊びを始めるところが、いちばん巧く書いてあるからね（笑）。それがあいつの実体なんだ。そりゃおそろしいもんだよ。身銭を切って遊んだことだけはちゃあんと書いてるよ。こっちも思い当るんだ(笑)。

丸谷　大正時代には文士や芸人のパトロンになることが流行ったというのは、あの時代の芸術流行《ばや》りという感じと関係があるわけですね。芸術至上主義とか、芸術家という概念がとても流行り出したころですから。

里見　で、里見さんにはパトロンつきましたか。

里見　いや、つかなかった。しかしひょっとしたら久米なんかの多少パトロンだったかもしれないよ。連れて歩いてたから。

丸谷　ほう、パトロンになったほうですか(笑)。

里見　それはぼくがよけい原稿料とるわけじゃなくて、山内家というのに養子にやらされて、そこで母親からお前もいい年になったからと、まとまった金を渡されたからなんだ。それまでピーピーしてたのに、ちょっと気が大きくなった時代があってね、そのとき家を建てたんだが、それが文士が家を建てたハシリかもしれない。

四谷に八十坪からの家で、坪三十円なら貸家くらい建つ時代に、坪八十円というんだから、そりゃ大したものだったね。

丸谷　それは凄いですね。

里見　その家に二年住んだけど、大きな家に大きな顔して住まってると、金がよけいかかるんだね。そこで売り飛ばして、逗子に借家したの。七十円出したら立派なのが借りられてね。銀行頭取の別荘だよ。敷地が二千坪。

丸谷　野球ができますね。

里見　ほんとだよ。立派な庭園に、三つも池があるんだ。蓮池があったりね。逗子の田越川の下《しも》だから潮入りもある。だから川魚だけじゃなく、海の魚も上げ潮のとき入ってくるんだよ。ヨットと和船が二隻ついてて、海の方から出入りできたり、ボートをクレーンで巻き上げる装置もあって、これも皆お使いなすってよござんす、と言われて嬉しかったね。

丸谷　それも入れて七十円なんですね。

里見　そう。だから都落ちしたようでも贅沢なものだったね。しかし東京にいるよりはからない。

志賀にはあんまりほめられたことないけど、君のうまいとこは、金のあるうちは使い放題使って、なくなると小さくなっちゃうってね。あれうまいねって言われた。

丸谷　外国の芸術家の暮し方は、そうですね。金がなくなるとアパート一間に平気で移るらしいんです。

里見　そうだね。面子《メンツ》にこだわらないんだ。

生きてるってことは、いろんなことやるってことなんだからねえ。

丸谷　これは処世訓だな。いろんなことをするから人生……。おかげで気が楽になりまし志賀さんと一時仲違いなさったみたいですが、原因はどういうことで……。

里見 喧嘩が直ってからもずいぶん長いことつきあったけど、お互いに言わないからついに謎のままだね。

だがぼくの考えるには、ぼくが「中央公論」に無題小説を書いていたとき、我孫子《あびこ》にいた志賀のところへ遊びに行く約束をしたんだ。その約束の日の前の晩に、徹夜してやっと書き上げた。それでもうヘトヘトでね。電報一本打ちゃ何ともなかったんだけど、その元気もなくて、気不精になることはあるな。何をするのもいやで、グーッと夕方まで寝ちゃった。

そしたらその翌々日あたり、葉書に筆で大きく〈汝、穢しき者よ〉と書いてよこした。署名はないが、志賀の字に間違いない。コンチキショウと、それっきりになって約八年間。

丸谷 そりゃまた、ひどいものですねえ。

里見 いろんなことが積もり積もってたかもしれないけど、直接の動機はそれだね。だけどその葉書、無駄にはしなかったよ。書けなくなると、机の前に置いて、畜生と思って書いた（笑）。

丸谷 友だちが我孫子に来ないというんで、苛々《いらいら》するという志賀さんの小説を読んだことがありますね。どうしてこんなつまらないことが小説になるんだろうと思ったけど。

た（笑）。

里見　八年目が関東の大地震の年でね、志賀は奈良にいたんだけど、お父さんたちの安否を気づかって東京へ来た。

生馬とは子供のときからの親友だから、会ったんだね。生馬のとこから使いが来て、よかったら一緒にめし食わないかというんだ。「ああ行くよ」って返事してすぐ行った。そしたら母が使ってた茶室に、茶室は薄暗いから昼間から電気つけてめし食いかけてた。お互いに「おーっ」てなもんで、八年間なんて何ともなかったよ。

「顔は変らないけど、声が重役みたいになったなあ」なんて言いやがった。それだけハッキリ覚えてる。

丸谷　お兄様はお二人の仲のことは？

里見　むろん、よく知っているよ。前に毎日のように会ってたのが、八年間会わないんだから。誰だって知ってたよ。

丸谷　じゃあ、万事承知の上でのことですね。ところで、里見さんが鎌倉にお越しになったのはいつごろです。

里見　地震の翌年から、今に及んでる。

丸谷　すると鎌倉文士のこれもハシリですね。

里見　そうね。文士と言えるのかどうか、高浜虚子はもっと古いけど。

丸谷　虚子は文士という感じとは少し違うから、やはりハシリですね。

里見 それから大仏（次郎）がここへ来て住んで、長谷の大仏様のそばへ住んだんで大仏という名にしたんだよ。彼の方が先だね。ぼくがまだ逗子にいた間だから。それから長与（善郎）もわりに早かった。小島（政二郎）は、昭和のかなり早いころだな。

丸谷 「白樺」の方々とのおつきあいは、志賀直哉とか武者小路実篤とのことは有名すぎるんで、そうでない方々のお話をと思いますが、たとえば柳宗悦なんかとのおつきあいは。

里見 柳は学生時代からぼくのすぐ下だから、気が合えばずいぶん親しくなるはずだけど、あれは勉強家でゴリゴリだから、ぼくとは向きが違ったんだ。長与もその方だったけど、晩年には非常に親しくなった。

丸谷 長与善郎とお親しかったというのは意外ですね。

里見 だろう？ そうなのよ。長与は晩年になって酒を飲み出したら、強くなってねえ。

丸谷 それまで飲まなかったわけですか。それは青春と中年とを、もったいないなあ（笑）。

里見 どうしてあんなにグレたかね。俺がグレさしたのかもしれない（笑）。

ほかに木下利玄がいるけど、これは面白い人だったね。実に気が弱くて。友人としては頼りないとこがあって、本当の意味の友だちというのは、敬愛の念が持てなくちゃな。愛だけじゃダメなんだが、敬の方が少し足りないんだ。

丸谷 愛はありましたか。

里見 愛は非常にあった。

丸谷　しかしあの人の短歌はいいですね。例の「牡丹花は咲き定まりて静かなり花のしめたる位置の確かさ」なんて、品がよくてじつにうまい。
里見　牡丹のたくさん植わった借家にいたよ。そのころ詠んだ歌で、そこの牡丹はみごとだった。
それから家建てて越したけどね。

3

丸谷　役者とのおつきあいはおありでしたか。
里見　まア変な縁で先代吉右衛門とね。
これを贔屓にしていた修善寺の新井という旅館の親爺が、ぼくが芝居好きなのを知ってるから、吉右衛門のために一幕ものを書いてくれって言うんだ。一つも書いたことがなかったから、そりゃ無理だって言ったんだけど、播磨屋さんもぜひお願いしてくれと言うそうで、とにかく会うことになった。
翌日会ったけど、あの人はへんに丁重な人でお辞儀をこうやって頭を上げない（笑）。
丸谷　そうでしょうねえ。
里見　どういう芝居がやりたいのかきくと、芸術家で、貧乏ったらしくて、ヨボヨボしたのがいいと言う。「要するに悲劇的人物だね」と言うと「それそれ」ってね。

結局『新樹』という芝居を書いたんだが、注文を一つ残らず叶えててね。盲目の貧乏絵描きで、女房を寝取られてるんだ（笑）。あそこに子役で出たな。今の又五郎。

丸谷 今、「中央公論」に池波正太郎さんが『又五郎の春秋』というのを書いてますけど、そこにその話が出てくるなあ。

又五郎の泣き方がダメなんで、里見さんが「お前弟がいたら、帰って殴って泣かせてみろ、その泣き方をそっくり真似しろ」って教えた話（笑）。非常に面白い話でした。

里見 そうそう。又五郎の付き人が、よけいなこと教えるから、そいつつかまえて「君、家へ帰っても絶対稽古をつけちゃいけないよ」って言った。せっかく教えても翌日来ると、「母様エー何とかいのう……」の歌舞伎の子役の泣き方になっちゃうんだ。

丸谷 それ以来、ずいぶん戯曲をお書きになったんじゃないですか。

里見 まア書いたけど、舞台へかかったのは新派で二本かそこらと、そうだ、小劇場でやったね。『たのむ』というのを。これは大できだったよ。ぼくの作より土方（与志）のやった演出がよかったし。丸山定夫の主人公がとても巧くてね。

丸谷 巧い人でしたね。その後文学座にも関係なさったでしょ。

里見 演出ばかりだよ。演出の第一回は武郎（有島）の『死と其前後』だったんだ。島村抱月が芸術座で取り上げてね。松井須磨子が主演なんだ。武郎は堅い人だったから芝居もあんまり見てないんで、ぼくのとこへ来て「君は芝居たくさん見てるし、好きなんだから演出をやれよ」って言うから、それも面白いと思ってね。
武郎みたいな主人公がいて、その細君が肺病になって死ぬんだが、これは事実そういうことがあったんだ。須磨子がその役で、死の床で自分の日記読んで、回想シーンになる。それがその時分にしちゃ新しい趣向なんだよね。その日記を読むのに、ベッドで横向きもまずいから、上向きにすると、浴衣だから袖が下がっちゃって、二本の腕がニュッと出る。肺病で明日か明後日死ぬやつが、太ってやがんだ。あいつ（笑）。

丸谷　須磨子は太ってたんですか。

里見　うん、大根みたいな手出しやがって、弱っちゃってね（笑）。前に坪内（逍遙）さんの『桐一葉』を見たとき、病体でヨボヨボの片桐且元が駕籠からはいおりるのを見てたらね、前の仁左衛門だけど、手にクマを入れて痩せてるように見せてるのね。
それで須磨子の腕、取っつかまえて、描いてやったんだ。手にクマをさ。

丸谷　須磨子はそういうこと何も知らないわけですね。

里見　知らないさ。女学生あがりみたいなものでひどいもんだ。一種の気迫だけで芝居するんだが、幕が開くと結構見られるんだ。
『人形の家』のノラでも、役の性格なんかわからないで演《や》ってるんだが、あいつが演ると何となく家を飛び出していく女に見えるんだよ（笑）。

丸谷　それは面白い。

里見　そしたら、せっかく人が入れてやったクマを、本当の興行になったら真っ白に塗ってまた太い腕出して演ってるじゃないか。

幕になって、奥へ行ってきいてみたら「ああいう汚ないことをしちゃいけないって、先生がおっしゃいました」って（笑）。

丸谷　ああ、抱月が。

里見　そう。俺に言えばいいものを、抱月はじかに須磨子にそう言うんだ。

丸谷　須磨子って、美人じゃないそうですね。

里見　あんまりね。しかし豊満だったよ。

丸谷　甥に当る森雅之が、芝居の方に行ったのは、里見さんの影響ですか。

里見　そうじゃないね。そりゃ文学座にいたから何べんも演出したけど、あいつだけは俺に何もききに来なかった。俺が言ってきかしたってソッポ向いてるんだ（笑）。あれはなかなか強情な男だったね。

丸谷　叔父さんが演出家じゃ演りにくいでしょう。あの人の二枚目はよかったけど、老けとか敵役は全然ダメでしたね。どういう風にしたらいいのかわからないんでしょう。人生上で、そういう位置に立ったことなかったんですね（笑）。色敵ならうまかったけど。

里見　ちょっと変ったやつでね。はじめはルイ・ジューベに首ったけ惚れやがって、そののろけばかり言ってた。そのうちに新派の梅島昇に惚れて「巧いですね、巧いですね」って言うんだ。その挙句は今度、喜劇の藤山寛美。そこへラブレターじゃないけど、弟子にしてくれって手紙出したんだとさ。本気だったんだけど、いっぱしの役者からでからかわれてると思ったのか、まわりの者が握りつぶしたのか、返事もらえなかったそうだ。

丸谷　そうでしたか。

里見　それからぼくが演出したんでほめにくいんだが、紅葉の『多情多恨』ね。五、六幕に脚色して、十五、六年前新派に演らしたの。そうそう『多情多恨』を演ろうってときに、中村勘三郎が、てっきり『多情仏心』の公演だと思って主人公藤代の役をやりたいなんていってきたんだ。

丸谷　あの大長篇を新派でですか。ぼくはあの小説が、昔から大好きでしてね。

里見　女房が死んで、毎日毎日グダグダ言ってる男、あれが森は巧かったよ。世間じゃ何とも言わないけど、あいつの大傑作だね。

丸谷　合うでしょうね。

里見　相手役を演った八重子（水谷）は「先生、あれもう一度演らして下さいよ。私、楽しくて楽しくて」って。男の親友の内儀《かみ》さんの役だよ。「森さんがそばへ来ると、幾日もお風呂に入らなかった人のような、男臭い匂いがプーンとするのよ。どうしてあんな臭いが出るんでしょう」って言うんだ（笑）。

丸谷　すごいねえ。女優だなあ。

里見　ほんとにイキが合ってね。

丸谷　いや、森雅之なら、あれがうまいはずですよ。

4

丸谷　里見さんの小説で、いちばん皆がほめるし、確かにうまいなあという感じがするのは、話術と文章力が非常にうまく結びついているところですが、ああいう文章の書き方を工夫なすったのは、どういうところからでしょうかね。ご自分でおっしゃるのは、面映ゆいかもしれませんが……。

里見　いや、何も文学論するわけじゃないが、文章と話し言葉とは別に変ったことないんだ。明治の初めに、山田美妙とか落合直文が言文一致なんて言い出したけど、それはあの連中の考え方からすると、文章と言葉が全然違うから、だから言文一致が目新しい議論になったわけだよ。だけど、ほんと言えば言文ははじめっから一致してたんだ。古語というけど、その時代には、ああいう言葉を使ってたんだろうよ。

丸谷　そうでしょうね。

里見　それはまあ、貴族階級と庶民との間がばかに離れてるから、この両方の端のやつが話すとなったら通じないくらい、二つ言葉があったかもしれないよね。大和言葉と言ったって、日本人が前から持ってた言葉なんて、どんなものかわけがわからないくらいあやしいやね。それで大宮人がみやびた言葉を使い出して、そこに支那語が入ってきてね。今じゃ英語がいっぱい入ってきてるしね。

丸谷　で、その話術と文章の話ですが、やはり寄席《よせ》や芝居が勉強になりましたか。

里見　それは勉強のつもりじゃなくても、知らず知らずに、学ぶともなく身についたね。

とにかく腹にないことを言葉だけで言おうとするとまずい言葉になるな、ということは確かだとわかったわけだ。

丸谷　実感ということですか。

里見　そうね。ぼくの若いときの言い方によれば、まごころが出ないとダメだということだ。

それがさんざん里見弴の「まごころ」というんでひやかしのタネになった。もっと軽く言えばよかったんだけどね。

丸谷　どうもそうらしいですね。「まごころ哲学」というのは、ご自分でおっしゃったんですか。

里見　いや、あれはひやかしだよ。

丸谷　そのひやかしはうまいですね。まごころと哲学と二つの言葉を結びつける意外な感じというのは。からかい方としてうまい。

でもやはり今にしてみると、まごころ哲学という感じよりも、ものすごい芸達者という感じの方が強いですね。

その芸の話を伺いたいんですが、里見さんのお家での話し言葉というのがあるわけですよね。お家での話し言葉は一つのはずなのに、ご兄弟三人の文体が皆違ってくるのをどういう風にお考えになりますか。

里見 難しくなってきたねえ。そんなこと質問されたことはじめてだから。

丸谷 たしかにこれは答えにくいかもしれませんね。三人分、答えなくちゃならないから（笑）。じゃ、質問をかえて……『桐畑』という長篇小説、私は若いころあれが大好きだったんですよ。イギリスの小説みたいで、あれは有島武郎の『或る女』よりも、もっと西洋の小説くさい小説ですね。

里見 そうかもしれないね。

丸谷 ぼくはそう思いますね。ああいう小説をお書きになった方が、後にもっとこう楽な言葉づかいの小説に変って行くでしょう。たいへんな転向だという気がしますけど、そのへんのところは。

里見 それはねえ、実感的に言うと、何かこう頭に浮ぶだろう。モヤモヤしたものが。それがだんだん形をとってくると、その間に文体から何から決っちまうわけだ。

『桐畑』のときは、たいへんハイカラな仕組にだんだん向いてっちまうんだ。頭が。

最後の、二階から下向いて鉄砲をパーンってやつね。あれなんざ、あるドイツの絵描きのエッチングの絵からだよ。

丸谷　ははあ、そこからヒントを得たんですか。

里見　そう。確か「姦通」というような意味の題の絵で、窓開けて、鉄砲で狙ってて、煙がこう出てるだけ。下は見えないんだけど、その撃ってる人の細君と、その愛人がいるということは、それだけで出てるんだな。

うまいこと描きやがったと思ってね。だからおしまいはもうできていた。だけどいちばん初めの長良川の鵜飼いだってね、あれはあれで写生文だよ。

丸谷　でもずいぶん西洋くさい写生文ですね、あれは。なるほど、そのエッチングから始まるとなると、西洋くさくなるのは非常によくわかりました。もちろん文章の風合いに里見さんの個性がよく出てるんだけど、話の運び方が、夏目漱石のある種の小説に近いですね。

里見　そうだね。夏目さんはハイカラだよ。文章とかコンストラクションがイギリス風でね。

丸谷　そうですね。そこで、里見さんのお好きな西洋の小説家というと、誰ですか。

里見　あんまり読んでないんだよ。文章を書く上で影響受けたと思う人も日本の人だね。

丸谷　西洋にいるでしょう。

里見　全体のことととしてはね、ゴーリキーがたいへん好きでね、ぼくは。

丸谷　ゴーリキーね。そうですか。驚きました。

里見　もう外国の小説なら、ゴーリキー以外読まなかった。丸善に行って、ゴーリキーの英訳が出たら、一つ残らず届けてくれって。まっさきに届いたから、ゴーリキーがズラッと並んでたよ。

丸谷　へーえ。ゴーリキーのどこに惹かれたんですか。

里見　一種のヒロイズムがあるんだな。

丸谷　うん、なるほど。男が立派ですね。

里見　そうなんだ。だからまあ、日本の徳川時代の小説を読んで面白がるようなところもあるしね。泉鏡花にもずいぶんヒロイズムはあるわな。

丸谷　うん、うん。

里見　何だかこのタネ明かすと、誠に安っぽくなるから、言いたくなかったんだよ（笑）。

丸谷　やはり伺ってよかったなあ、野暮なことを伺うようで気がひけたんだけど（笑）。

里見　ヒロイズムは思想というか、考えとしちゃ嫌いなんだよ。しかし読むと実にさわやかでね。いいんだな。

丸谷　何か、男らしい男がこうスタスタ歩いてる感じが、いいわけですね。

里見　そうそう。

丸谷　彼の後期のものはよくないけど、初期中期の作品に出てくる男がいいですね。

その男らしさも、やはりちょっとひねった男らしさでね、つまり普通の意味の強者のヒロイズムの反対でしょう。

里見　そう。『チェルカッシ』なんて、君の言うとおりだよ。主人公は臆病で、夜暗いのに港へ出て行くときの怖がり方なんて、まさにね。

5

丸谷　だからそういうところと符節を合するところがあると思うのは、里見さんの小説の中で、私が特に好きなのは失敗者の生涯を書いたものです。『TBV』とか『文学』『極楽とんぼ』とか。失敗者の男の一代記をお書きになるのがお好きでしょう。

里見　好きだねえ。その系列では『敗荷図』というのがいちばん大物だよ。雑誌に出したときは『直輔の夢』だけど。

丸谷　読みました。でも、なぜ、失敗者に愛情を抱かれるんでしょうかね。

里見　ウーン。自分が、養家から貰った金でムチャクチャに遊んだだろ。夜遅く帰ると、いやにリゾールくさい。「何だい。こんなに家中臭くしやがって。何しやがったんだ」なんて怒鳴ると、家内が家でお産したんだな。

そんなこともすっかり忘れて遊んでる自分にもあんまりいい気がしなくて、今、体が丈夫だからこうしているけど、病身だったらどうなるだろう、という考えから出た小説だ。

直輔はさっさと絵が描けるほどの健康体じゃない。すべて内へ内へと消極的になっていく。肺病で引っこんでる芸者を訪ねてみて、自分よりもっとひどく世の中から離れていくやつがいるんだな、といくらか気持が明るみに出るんだ。夜の暗い中で砂浜を歩いてね。昼間のぬくみをすっかり吸い取った砂ん中へ手を突っこんで、何かあたたかみを感じる、というのがテーマなんだ。

丸谷　つまり大博奕をやって失敗するというんじゃなくて、ジリジリと人生的に、漫然と失敗する男がお好きなんだなあ（笑）。確かに人生というのはそういうものでしょうね。しかし里見さんは、ご自分がお丈夫だからもしそうでなければ、という仮定でお書きになったわけで、つまり内的動機ですよね。内的動機によってフィクションを設定して書くというのは、西洋風の小説の書き方ですよね。

里見　そうだよ。そりゃ、二葉亭四迷なんかゴーリキーよりもっと古いロシアの小説をたくさん読んでるけど、ロシアのその時分にはそういう小説が多かった。トルストイみたいに露骨にやらずにふわーっとやる。二葉亭の『浮雲』も『其面影』ももう内にこう向いちゃった人間が主人公だからね。あんな意気地のない人間は困り者に違いないけど、ちっとも自分でダメな人間と思わないで、ジリジリジリジリそういうところにいるんだな。あれが好きなんだ。

丸谷　それが里見さんの言うヒロイックな男なんだから、世間一般のとは反対なんだ、このヒロイズムは。白樺風のヒロイズムとも違うし、硯友社風のとも違う。独特のものですね。

そういう主人公のかっこよさについての考え方は、近代日本文学史の中で非常に特殊な気がします。何か幼少のころの里見さんの眼でごらんになった伯父さんとか、大伯父さんとかに、そういうヒロイックな失敗者がいらしたんじゃありませんか。

里見　まあ、特定の人じゃなくて、出るべき時に一歩退くような人が明治の終りには多かったね。歴史的には日本がどーっと広がっていく時代だけど、ションボリ精神の敗残者が全体の三分の一はいたような気がするよ。

丸谷　いわゆる帝国主義的膨張をする日本、成金的、富国強兵的日本に背を向ける人間に共感と愛情を抱いたせいなんでしょうね。

里見　そうだろうね。そりゃロシアのその時分の空気というのは、日本以上に悪いからね。帝政はぐらつき出してるのに、革命やるような立派な英雄もまだ出てこない。そういう世の中に生きてる庶民は憂鬱になるよ。それが文学に出てるんで、面白かったね。

丸谷　帝政末期のロシア小説の感じにたいへん近い気持で青春を過ごした、それが里見さんの文学の大事な部分になるんですね。

里見　まあ、そうやっといてくれよ（笑）。

丸谷　やはり面と向ってこんなこと言われちゃ、照れるでしょうね（笑）。

しかしまだちょっとわからないな。ロシアの小説より、イギリスの小説にとても近い面というのがありますからね。つまり、ゴーリキーの書く社会階層は低いでしょ。『どん底』の男爵にしたって酔っ払いだし、本当に貴族かどうかわからない。

里見さんはもっと上の方でないと腕をふるうことができないんです。そこでぼくはイギリスの小説の方を連想するんですよ。イギリスで言えば中流上層の人物が脱落する形が、里見さんの縄張りなんですね。それも何かのせいでちょっとそれちゃった人物、それが里見さんの周囲に実在するのかと思ったけど、どうも全部想像力の所産だということになさりたいらしい（笑）。

里見 イギリスの小説じゃ『アリス・イン・ワンダーランド』くらいかな（笑）。

丸谷 『荊棘の冠』という小説、あれもずいぶんモダンな感じですけど……ジイドみたいなんだ。

里見 そうだね。あれ書いたときは、ジイド読んでて、影響受けた。

丸谷 でしょうね。やっぱり……ぼくはずいぶん優秀な批評家なのかな。いろいろわかっちゃうんだ（笑）、中学生のころ『荊棘の冠』読んで、「あっ、『女の学校』だ。ジイドだ」って思ったんです。

里見 そういうこわい人に読まれてるとは思わなかったね（笑）。

吉田健一の生き方

――アウトサイダーの文学と酒

河上徹太郎
丸谷才一

途方もなく正統的な人

河上　健一のことを喋るんだったらギネス・ビールがないと駄目だな。聖路加病院に入った前後は、健一はギネスだけで生きていたそうですね。

丸谷　やはりちっとも食べなかったんですか。

河上　初めはね。そのうちかなり食欲がついたって周りの人たちがみんな喜んでいましたけど、もうそれで安心なんだろうと思っていたら……。

丸谷　何しろもっぱら飲むだけでしたね。

河上　ビールといえば、丸谷さんご存じですか、久保田万太郎と林房雄がいたずらして、健一をビールの王様コンテストの候補者に推薦したことがあるんですよ。その時は王様になれなかったんだけど……副将あたりのところでへたばっちゃったんだな。ビールがしまいにはヒマシ油みたいに見えて来たそうだ。そんなことのあったあとで口直しというんでブランデーをがぶがぶ飲んだんですよ。それですっかり胃をこわしてしまって血を吐いたりしてね。結局その時は薬で押えたんだけど、それ以来がっくりと食欲が減っちまったんだ。それまでは大食いでね、ことに戦争中のあいつは大食いで、軽井沢の家へ遊びにくるとぼくらは困ったもんね、また健坊がくるって(笑)。おかずは魚がこれっぽっちっきゃない時代だったからね。それでもまだ軽井沢にはジャガ芋がわりにあったから、それを茹でて肴にしたもんですよ。

丸谷　ビールの王様コンテストというのは、ある程度飲むとあとは冷たいだけで味は全然感じないそうですね。

河上　あれはたしか持ち時間があるんですよ、何分の間に一ぱい飲むとかね。つらかっただろうな。

丸谷　およそ吉田さんのお酒の飲み方と反対の飲み方ですものね。

吉田さんはあれだけ召し上らないくせに、目の前には料理がたくさん並んでないといけないんですね。

河上　しかもご馳走でなきゃいけない。まずそうなものじゃ駄目なんだ。

丸谷　金沢に吉田さんと河上さんがいらっしゃったとき、招待側が金沢中の料理屋に、東京から美食家の偉い先生がお見えになるからと言って、お二人を案内した。ところが、飲んでばかりいて、ちっとも食べない。河上さんは酔っぱらってアリアを歌ってばかりいるし、吉田さんは飲んで笑ってばかりいる。困ってしまって、どうぞ箸をおつけ下さいとお願いすると、二人で叱るんだそうです。しかし何しろ料理屋の女将に言った手前もあるから、無理にまた催促したら、吉田さんが「料理の味は目で見ればわかります」（笑）。ぼくは中島敦の『名人伝』を思い出しましたね。弓の名人が修業を積んで、とうとう飛んでいる鳥を目で見るだけで落としてしまったという、あの境地に達してる（笑）。

河上　ぼくが吉田健一に初めて出会ったのは健一がケンブリッジから帰ってきた昭和五、六年のことだったと思います。

丸谷　河上さんの『都築ケ岡から』というご本に吉田さんとの対談がありますね。その中で、昭和五年か六年かな、伊集院さんが風邪をひいていたところに、吉田さんが見舞いに行く、そうするとそこに河上さんもいらっしゃって……という思い出話がありました。伊集院さんて、桐朋学園の伊集院さん……。

河上　ええ、伊集院はぼくのピアノの友達ですが、牧野伸顕の甥ですからね。健一は伸顕さんの孫でしょう。そういう親戚関係でね。それで、こんな青年がケンブリッジから帰ってきて文学をやりたいっていうんで、きみ、何とかしてやってくれよって預けられちゃったわけなんです。しかしうまくしたもんだと思ってね。その時ぼくが文壇通の人間で、いまは大正文学というものが継続中で、これこれという名作がある、ってなことをもし説明していたとしたら健一はあんなにはなれなかったでしょうね。ぼくが突っ放したからよかったんですよ。ぼくは文壇のことは何も知らないでしょう、だから健一は自分で手探りで模索したんですね。

つまり外国ってとこは、青年になって行ってもあまり役に立たないんですね。健一は十歳より前に行ったから身についたんですよ。その身についた外国のセンスで目の前の日本の文学や社会を眺めたもんだから、ああいうものを書き出したんですね。

ぼくがよく言う話なんだけど、ゴルフのプロね。現在はたとえば野球のプロは、六大学の選手だったりするのがプロに入ったりするでしょう。いまのゴルフのプロもきっとそうだろうと思う。だけどぼくがゴルフを始めた頃のプロというのは、全部キャディ上りだったんです。キャディは村の子供ですよ、ゴルフ場が出来た近所の村のね。紺絣かなんかの筒袖を着て、小学生が大きなバッグをぶら下げさせられてついて歩くでしょ。それで覚えちゃうんですよ、ゴルフを。自分がプレーをするわけじゃないんです。しかし子供の目というのは確かですからね。吉田健一の文学もそれなんですよ。健一はいわばキャディ上りなんだな（笑）。自分で発見したんです。昔のキャディはクラブなんか持たせちゃもらえないから、どっか山ん中へ入って、松の根っこの瘤になったような木を伐ってきて、それ振りまわして遊んでるでしょ。それで一流のプロになれちゃうんですね。

丸谷　なるほど。それと関連があると思うんですが、河上さんの『日本のアウトサイダー』、ぼくはあの本のことをこないだふっと思い出しましてね。吉田健一っていう人は河上さんの概念でいうと「アウトサイダー」だったんじゃないか。

河上　そうですね。

丸谷　つまり異端者だけれど、異端者ということになったのは、要するにあの人が途方もなく正統的な人だったから、それで異端者になってしまった。自分にとっては非常にはっきりと正統的であるものを、これは正統的なものなんだと説明するのに生涯を費やした。そういう文学者だったという気がするんです。河上さんはあのご本の中で、三好達治さんのことを、自分にとっては自明のことである常識が踏みにじられているので憤慨してばかりいる人だった、とお書きになってますが、吉田さんの憤慨もそういう憤慨と同じだったでしょう。でも吉田さんは、憤慨した時に冗談を言うんですね。それは何だか日本人が知らない型の冗談だった。ああいうふうに憤慨を冗談の形で言い表すのが、あのアウトサイダーの特徴だったと思うんです。そしてそれが吉田健一の方法になりましたね。そのためあの人が文芸評論家である以前に文明評論家であるという面が非常にはっきり出てきたと思うんです。河上さんの「アウトサイダー」という概念は、非常にまとめにくいものですが……。

河上　ぼく自身頭の中でまとまってないんですから（笑）。

丸谷　言葉でまとめようとすると難しいんですが、何だかわかるような気がする。コリン・ウイルソンの「アウトサイダー」という概念より、ずっとわかりやすいような感じがするんです。というのは、案外ぼくが吉田さんを知っているせいじゃないか。そして、これはぼくの仮説なんですが、河上さんは、ご自分のなかの「アウトサイダー」性というのはもちろんあるわけですが、同時に、吉田さんを観察なすっていて、それで「アウトサイダー」という概念に惹かれたところもあるんじゃないか、と思ったんですが……。

河上　そこまで言ってくだされば二人とも光栄だ。さっきの話の続きみたいになりますけれど、健一が帰ったばかりで東京というものをまだ知らない、不案内だった時に、まずぼくが教えたのは、資生堂へ行って紅茶を飲むこと、そこから始めたんです。そしたら、あの当時、横光利一が資生堂ファンで、しょっちゅう三時か四時ごろお茶を飲んでまして、これはいい先輩だと思って紹介したら、横光さんが彼の話を面白がってね、それで、「吉田さん、資生堂ってどこが気に入ってるんです」ってきいたら「これ日本的だからです」って言ったんだ。横光さん度肝を抜かれていたな。

丸谷　面白い話ですね、二人の関係がじつに鮮明にわかる。

河上　横光さんは、自分は西洋かぶれで資生堂へ来ているような気でいるんでしょう、それを日本的だと言ったもんだから……。小蔀かなんかの窓のついた日本的喫茶店なんてもんじゃない。出来るだけ西洋風にこしらえた資生堂を、彼は、これ日本的ですと言ったからね。

丸谷　そういう感覚だったんだなあ。ぼくは、吉田さんが子供の頃に、アンデルセンの童話集を読んで、文学というものがあることを初めて知ったというのを何かで読んだけれども、それをこないだふっと思い出しましてね。実に迂闊な話ですが、ぼくはあれを日本訳のアンデルセンだとばかり思ってたけれど、たぶんそうじゃないんですね。きっとあれは英語のアンデルセンだったんだ。とにかく吉田健一っていう人の話とか文章は、大前提の生活環境が違うんですね。ですから、われわれはたちまち横光利一的な立場に置かれてしまうんです。

変革する力を秘めた反逆者

河上　これは彼の一つの独創だと思うんです。つまり彼にいわせると、ヨーロッパ文明というものは十八世紀が頂点で、精神的にはあとは堕落していく。だから十九世紀になると世紀末のようなものが出てくる。まあ、もちろん物質文明としては進歩してるわけですがね。それが日本へはいって来た。それを健一はそれこそ昔のキャディがゴルフを身につけたようによくわかったんですね。日本が文明開化なんていって喜んでるけれど、あれは十九世紀の文明だということがね。そのことを非常にはっきり言えた人ですね。十八世紀に日本に黒船が来ていたら、ずいぶん日本も今と変っていただろうというのです。

丸谷　同感ですね。つまりわれわれが観念的に西欧文明を理解していた時に、吉田さんはなまの感覚でそれを感じ取ったということですね。

河上　吉田健一も、たとえば晩年に書き出した小説などで日本の文明開化の性格を表現しておりますね、まあこれは夏目漱石が一番表現した人ですが、漱石の場合は十九世紀というレッテルはついてないんですね。しかし健一の文明開化というのは例えば健一が本郷通りを描くと、ぼくの入歯みたいにでこぼこの舗石に電車のレール通して、ガッタンガッタンと電車が揺れて走ると砂ぼこりが立つでしょ、そういう文明開化なんですよ。漱石ももちろんそういうものを描写しており二人とも愛着を持っているのですが、健一の描写とは非常に大事なところが違うんです。

丸谷　そうですね。でも、吉田さんは一方では文明開化批判が厳しいのに、ずいぶん明治時代を尊敬しているという感じでした。

河上　ええ、そうなんです。

丸谷　しかしまたそこのところが微妙にわからないところでもあるんですね。これもやはり生活感情の違いの問題なんでしょうか。何しろ吉田さんの生活感情というのは、ぼくなんかから見ると、非常に特殊なものでしてね。大臣になるということは、ほぼ文学賞をもらうことくらいの感じでした。まあ総理大臣になることは文学賞とはだいぶ違う感じでしたけど（笑）。そういう感覚は他の文士たちもみんなわからなかったんじゃないでしょうか。あの人の感覚では、西洋に対するものと、政治に対するものとが、ちょっと特殊でしたね。

河上　つまり牧野伸顕は明治の文明開化というものをつくった一人でしょう、それと、吉田茂って親爺は、その延長で仕事をした人なんですね。伸顕は明治の文明開化が敗戦で一朝にして崩れ去ったことを非常に歎いてた、それを吉田茂がとにかく建て直したんだからね。そこにまた健一という子供が生れて住みついたっていうのは面白いことですね。伸顕さんが本気で悲しんでいた廃墟の『瓦礫の中』の壕舎でシェリイなんか飲んでいい気持なんですからね。生前の健一は心からのお爺さんっ児でしたよ。

丸谷　ええ、あの三人は、近代日本の、非常に幅の広い意味での精神史の縮図になっています。吉田健一さんのある面には、土佐の自由民権思想がもっていた反骨が、別の形で生きてるという感じがありましてね。だから、ぼくが吉田健一っていう人のことを考えると、世間で言われる吉田健一のイメージとは違ってきて、近代日本の純文学に対する反抗者、反逆児といった感じが大変強くなってくるんですよ。世間ではそうではなく、文学的にも政治的にも保守的な人という感じでとかく見られがちだと思いますが、ぼくにとっては、政治的にはともかく、文学的にいうと、非常な変革する力を秘めた反逆者だった。見立てで言うと国崩しというか、そんな感じが強くするんです。そういう、何か物騒な感じと幸福で円満な感じとのまじり合い方が、ぼくにはとてもおもしろいんですね。

河上　土佐のそういう精神というものは、ぼくは不案内だけど、安岡章太郎なんかもいまリバイバルでやってますね。先祖のことをずいぶん詳しく調べている。土佐には何かそういうものがあるんでしょうね。吉田茂の実家の竹内家はたしか土佐の武士でしたね。

丸谷　ええ。

河上　こんど健一が入るお墓は、横浜にある吉田家のお寺なんですってね。だから親爺とはお墓が違うんですよ。

丸谷　吉田茂はどこに入っているんですか。

河上　茂はいま青山に入ってます。前に亡くなった夫人と一緒に。この養家の吉田家というのは、よく知らないけど横浜の地主で大金持だったのが、それをまた茂がみんな使っちゃったんですね。

丸谷　そうなんですね。

河上　茂は健一に残すものは何もなかったんだ。で、健一は仕方がないから復員服姿で歩いていた(笑)。つまり、親は子を養おうとしないし、子は親の脛をかじるという気もないっていう、面白い親子なんですね。イギリス風に親子が対等に紳士づき合いをしている。

丸谷　さばさばしていい気持だなあ。そういう状態を見ると、世間では喧嘩したんだと即断する傾向がありますが、別に喧嘩ってわけじゃないらしい。

河上　喧嘩どころか互いを認め合った親しい仲ですよ。

丸谷　息子が親爺から金もらわないからったって、喧嘩ということにはならない。

河上　金がないんだから問題ない（笑）。

丸谷　吉田健一さんは香典泥棒のおばあさんに喜んでチップをやったろうと、何かに書いてありましたね。あの話は非常によかったなあ。

河上　そうなんですよ。しかし健一はそういう人にはいくらでもチップを出すけれど、店の主人にはやらないんです。

丸谷　わたしがゆく前になくなったんですが、金沢に何とかいう楽隊が入る古いバーがあって、吉田さんはそこへ行って楽隊にチップをやるのが大好きだったそうですね。

河上　楠さんていうバンド・マスターが贔屓だったな。

丸谷　一万円札を千円札と間違えるんだそうですから景気がいい。

河上　健一と飲んで「きょうここにいくらチップを出すの？」って聞いても決して返事はしない。つまり自分が置く額をぼくに言ったら、ぼくに気の毒だと思うんだな。

銀座の「胡椒亭」に行った時でも、マネージャーに、「こないだの健一との分、割勘にしてね」と言うと、「それは困ります」、「どうして」と聞くと、「そんなことをしたら、吉田先生にお尻つねられますよ」（笑）、って言うんだよね。

戦前の吉田健一

丸谷　吉田さんが戦前にお書きになった批評があるわけでしょう。
河上　ええ、たくさんありますね。
丸谷　それは本になっていないんですか。
河上　いや、いわゆる全集には入ってるんじゃないのかな。入ってませんか？
丸谷　たしか、入ってませんよ。
河上　そういえばね、健一がケンブリッジ時代の学生生活を書いた小説を、「文学界」……じゃないな、「文学界」なんかまだ載っけてもらえなかったな。「作品」ですらなかったかもしれない。いや、「作品」だったかな。とにかくそれを読んで、ある友達が、「これ何を書いているつもりだい」、って呆れてることがあった。ぼくが小林秀雄や青山二郎なんかに教わっていた時に、伊集院が健一を指導してくれったって、そんな自信なんかないですよ。ぼく自身がこてんこてんに小林や青山に苛められてる時代に、ぼくが弟子を持つなんてね。そのころある人に、「おい河上、お前の周りにはへんちくな青年がたくさん集まるようだけど、その中でも一番出来が悪いのは吉田健一だぞ。ありゃクビにしろ」なんて言われましたよ（笑）。ところがそいつが一番ものになっちゃったんですからね。
丸谷　それは非常によくわかりますね。つまりその頃から反逆者だということなんですね。

河上　そうなんです。頑固なキャディだった健一は、自分でどんどん発見していったんですよ。

丸谷　まさしくそうだった。

河上　ほら、竹藪に家を建てると、筍が畳を貫いて頭を出したりするでしょう。健一はそういうことをやった人なんだな。

丸谷　吉田さんは自分でルールをつくっていったような人ですね。吉田健一ふうの文学というゲームがそれではじまった。先程の「クビにしろ」なんて言われていた時期は昭和十年以前のことですか。

河上　そうです。その頃の健一はどこへでも人のあとくっついてくる男でね。それで自分では決して勘定は払わなかった。つらかったですよ、ぼくは。

丸谷　そうでしょうね。同情します。あんなに飲まれちゃかなわない（笑）。

河上　そういうケチなところもあった男ですよ。

丸谷　しかし、昔の「先生」っていうのは大変なもんだったんだな（笑）。

河上　近年になってからその頃の話を健一にして、「お前つらかったぞ、おれは。自分ひとりで飲む金もろくにないのに、二人分払うってのは」って言ったら、「でもね、ほんと言うと、先輩と飲んでいて、先輩のお金まで払うのは失礼だと思った」なんて言っていたな（笑）。

丸谷　でも、一ぺん払おうとして、失礼だぞと叱られて、それからよすというのならわかるけど（笑）。

河上　あの頃、アルダス・ハックスレーっていう作家がちょっと流行っていたでしょう。それで「さあ、割勘だ、みんな」って言う時に、健一ガマグチ開けて睨んでいるんだ。「アルもんはダスんだ、ハヤクシロイ」なんて言ってたことがありましたね（笑）。ところがそれが最近の彼のお勘定欲にはさっきもいったように当るべからざるものがある。どうもこの時代のお返しをしようと思っていたらしい。

こないだも女房と思い出話をしたんですが、軽井沢で一度、南軽井沢のほうに一軒家を借りたことがあるんです。そこへ健坊が（この呼び方はつい口をついて出る）、毎日毎日来てね、車を待たせといて「河上さん、運転手にビールを一本やっていただけませんか」なんて言うのね。女房はビールが惜しいというよりも、運転手がそれを飲む間いる健坊の方がよほどおそろしいって……。あの頃は運転手でもまだビールを飲んだもんなんですよ。

丸谷　それはいつ頃のことですか。

河上　そう……昭和十一、二年の頃ですかね。まだビールは不自由していなかった。

文学の本質としての〈芸〉

丸谷　吉田さんの最初期のものは、わたしたちは読んだことがないんですよ。

河上　「ケンブリッジ生活」なんてのは読んだことないでしょう。あれは没になっちゃったんだから。

丸谷　もちろんそれはそうですし、戦前の同人雑誌の「批評」にお書きになったものなんかも読んでないんです。『シェイクスピア』や『英国の文学』、あのへんからですね。最初はどうも吉田さんの文体がわからなかったんですが、そのうちにいきなりわかっちゃった。

河上　ぼくはね、健一が死ぬ前まで、「おい、句読点抜きはよせよ」って言ってたけれども、あなたのご意見はいかがです。健一自身は『源氏物語』みたいに通じる気でいたみたいだけれど、たしかに通じますよ。彼はあの文体の暢達には自信があって、それは十分認めます。しかし読者は時間をとりますね。句読点がない文章というのは。そんな手間をかけては失礼だというのです。

丸谷　あれは読者が句読点をつけながら読むということなんでしょうね。そのとき具体的な点を打ってみようとすると、句点のところは切ってあるから読点を打つわけですが、それがいわゆる読点では駄目で、読点の白抜きみたいなものを頭の中に用意しておいて、それをところどころに押していく。そういう操作を読者に要求するのが吉田さんの文章だったと思うんです。

河上　そうですね。

丸谷　読点の白抜きも、さらに読点の白抜きの半分とか三分の一とか、そういうものがあるとなおさら具合がいいような、そういう文章でしたね。そういう点では西洋の文章に非常に近いものだと思います。

河上 だけど、西洋人はわりにカンマを打つじゃないですか。副詞一つ書いちゃカンマを打つ。しかし健一はそれをやってくれないんだ。

丸谷 それはまあ、まめな西洋人とまめでない西洋人もあるし……そうねえ、そういえばそうですね。とすると吉田さんの文章は西洋の文章と『源氏物語』の間ぐらいのところかなあ（笑）。

河上 彼が今回、死出の旅になってしまったヨーロッパに行く直前ぐらいだったかな、ぼくと彼が毎週木曜に必ず会っていた銀座にある「ソフィア」っていうところで飲んでいたら、二人がいることを聞いて草野心平がそこへ入ってきたんですよ。草野はもう目は半分見えないし、よたよたしていたけれど、彼が健一の文章を激賞したんだな、「吉田くん、君はいい文体を発見したなあ」って言ってね。あいつはよく読んでないと思うんだけどね、目が悪いから句読点なんか見えない（笑）。ぼくももちろんいい文体だと思いますよ。ただちょっと読むのに手がかかるんだな。

丸谷 そうなんですね。しかしあの文章にあのまんまで句読点をもっとたくさん打とうとすると、その打ち方がまた非常に厄介になる。そのことにぼくは気がつきましてね、これは結局このままにするしかないと思いました。でも河上さんはおっしゃってましたね、吉田健一は句読点なしの文章を書いたから命を縮めたんだと。

河上　健一の奥さんが、「河上さん、健一はどうして死んだんですか」って言うから、「そりゃあ句読点を打たないからさ」って言ったんですけどね。

丸谷　ぼくの分類によると、吉田健一の生涯は二つの時期に分かれると思うんです。つまり『ヨオロツパの世紀末』と『瓦礫の中』から後期が始まり、それ以前は全部前期という気持なんです。その後期ですよね、句読点が極端になくなったのは。それと面白いのは、後期が始まる直前くらいに、もう書くことはないって言い出したんですね。

河上　しかしそれにしちゃあよく書きましたねえ（笑）。

丸谷　そこがぼくには非常に興味があるところなんです。これからあとはもう繰り返しであると何かに書いていらしたし、ぼくも直接うかがったことがあるんですが、これからあとは繰り返しということになったら成熟したんですね。だからむやみに書けるようになった。

河上　ほんとにもうなだれをうつように書けるようになったなあ。奥さんにその時こうも言ったんだ。「彼が死んだのは結局飲み過ぎと書き過ぎですよ」と。そうしたら奥さんもそれを認めたよ、「うちの息子と娘はヨーロッパに行っているけど、ヨーロッパにやっておくとむしろ安いんですよ、だからそんなに書かなくても困ることないと思うんだけど」って言ってたな。

丸谷　何か書きたかったんですね。別につらそうじゃなかったもの。チップ代を稼いでいたのかな（笑）。
河上　それも香典泥棒のチップ代（笑）。
丸谷　福祉事業としての文学……（笑）。つまり書くことがなくなったと自覚して、もう繰り返しだと思った時に、とつぜん成熟がくるというのは、吉田さんがどういう型の文学者であったかをよく示すような気がします。どう言ったらいいのかな……うまく言えないんですが、あの時に、自己表現としての文学という窮屈なものをすっかり捨てることが出来たんじゃないかなと思うんですね。それで、芸といってしまうと話が粗雑になるんですが、芸が文学の本質だという感じが非常に出てきて、それであんなふうに言葉が流暢に流れるようになったんじゃないか。
　第一、前期はあんなに早く書けなかったでしょう。それが、繰り返しだと言ったとたんに……別に繰り返しでもないんですよね、実は……。これからは繰り返しだと思った時に、自分の意識の底のほうに眠っていたものが自由に出てきたという感じがするんです。だから、それ以前はまだ何か抑制があって、遠慮があったんじゃないかって気がするんです。
河上　そう、それはたしかにそうですよ。つまりキャディがケンブリッジから帰ってきたんですからね。どういう書き方をしたら話が通じるのかということをとても気遣っていたんですよ。それがなくなったらとたんに流れ出しちゃったんですね。

丸谷　一時はわからなかったでしょうね、日本文学ってものが。ぼくですらいまだにわからないですものね。

河上　そう、ぼくですら（笑）。お互いによくわからないで文壇生活をしてますねえ（笑）。

イギリスの小説を浴びるほど読んだ人

丸谷　吉田さんがお書きになったものを、大ざっぱに分けると、批評と小説ですが、その小説について少し何か話をしたいんですよ。

河上　どうぞ。

丸谷　吉田さんの小説を読んでいて一番感じることは、この人はイギリスの小説を本当に浴びるほど読んだことがある人だなあということなんですね。明治維新以後の日本の小説家は、本場の小説を読んだ分量が非常にすくなかったっていう気がするんです。

河上　それは非常に大事な話ですね。

丸谷　ところがね、吉田さんはそれをじつにたくさん読んでいた。もちろん読んだのは原語で読んだ。逆にいえば原語でしか読めなかったということがあるわけですけれど、その場合に、日本の普通の小説家が西洋の小説を、たとえば翻訳であろうと読んだのは、いわゆる一流の小説をほんの少し読んだだけだったでしょう。しかし吉田さんは、二流三流の小説までずいぶんたくさん読んでいたという感じがする。

河上　そうなんです。

丸谷　その体験が、自分で小説を書く時にとても生きてきているということなんです。吉田さんが読んでるのをそばで見ていたら、非常に無駄な感じというか、暇つぶしとしか思えなかったものが、小説家として生きる場合には必須のものになってきたにちがいない。そういうことをぼくは感じるんです。

河上　だからそれがぼくの言うキャディ説なんですよ。キャディはどんな下手な旦那についても上達する。

丸谷　あ、そうか。なるほど、そうですね。しかし、この説をぼくが認めると、河上さんのゴルフはあたかも西洋の三流小説ということになっちゃうから、非常に具合悪いんだ（笑）。

河上　じゃ別の話でいうと、ぼくは十二歳の頃から親爺が鉄砲を撃つあとをついて歩いてたんですよ。そうすると、親爺の撃ち方のまずさがぼくにはわかるんだな。だから二十歳になって自分で銃を握ると、もう親爺よりずっとうまいんですね。そういうことってあるんですよ。だから旦那が下手なほうがいいのかな、鉄砲撃ちやキャディにとっては。人のまずさがわかるということは大事なことなんですよ、うまさがわかるよりはね。

丸谷　それは結局、まずいのがわかるとか何とかいうことではなくて、ハンティングならハンティングそのもの、あるいは小説なら小説そのものがわかるということなんですね。

河上　そうなんですね。

色っぽい、男の登場人物

丸谷　小説の登場人物というのは、何か威厳があって魅力がなきゃならないとぼくは思うんですよ。それがリアリズムというやつに変に毒されると、威厳とか魅力とかいうことを忘れてしまうんですね。

河上　そうですね。

丸谷　本物の小説を普通の態度でたくさん読む前に、リアリズムという文学理論を聞いてしまった小説家というのは、そこがまずいんですね。

河上　その点ぼくは、吉田健一に関して自信があるんだ。何にも教えなかったっていうのはいいでしょう。

丸谷　それがよかったんです（笑）。ところで河上さんは吉田さんの小説をどんなふうにお考えになりますか。

河上　面白いじゃないですか。

丸谷　いや、そうなんですが、ただね、小説に出てくる男があれだけ魅力があるのに、女が色っぽくないんですね。

河上　「オール読物」だったかなんだか知らないけど、あいつにいわゆるエロ小説を書かせようとしたことがあるんですね。とうとうあいつは書けなかったけどね。

丸谷　それはぼくにも書けないと思いますね（笑）。でも、エロ小説というんじゃなくて、どうも女が色っぽくない。

河上　刀を佩いているというわけですか。

丸谷　薙刀は持っていないけどすくなくとも懐剣ぐらいは胸に秘めてるって感じはあるんじゃないですか（笑）。

河上　そう思って書いていたんですよ、かわいそうに。認めてやんなさいよ。

丸谷　ぼくは愛読者なんですけど、どうもそこのところがね。

河上　話の腰を折っていけないけれど、横光利一が、昔「はせ川」あたりで飲みながらね、「ぼくがエロ小説書かせたいと思うのは井伏鱒二と滝井孝作なんだ」って言うから、「あんたにも書いてもらいたいな」って言ったら彼困ってたよ（笑）。でも、健一にエロ小説書かせようとは思わないな。懐剣ぐらいで我慢しときましょう（笑）。でもね、あなたがさっき健一が二流、三流のイギリスの小説を読んでいたっておっしゃったでしょう。つまり、これは一流かもしれない矢田挿雲の『太閤記』をあんなに愛読していたのは、彼にとってもたしになってますね。

　健一いまごろくやしがってるだろうな。そんなにいうならおれももう一つ何か書いてやろうってね（笑）。

勤勉でストイックな人

丸谷　男の登場人物はずいぶん色っぽいでしょう。あれだけ男が色っぽいんだったら、女もやっぱりもう少し色っぽくなきゃいけない、いくら懐剣を秘めていても、と思うんですけどね。そこのところが残念ですね。でも吉田さんは書くべきものはすべて書いちゃったと思うな、おそらく。あとは読めばいいんです。

河上　もういいだろう、読まなくたって（笑）。読み過ぎだよ。

丸谷　申しわけないけれども、ぼくも全部は読んでいませんね。ここのところ七、八年すごかったでしょう。とっても追いつけないな。

河上　ぼくは白内障になっちまったし、とても読んじゃいられなかった。

健一ってのは侍だったのかな、丸谷さんどう思います？

丸谷　いかにも侍が横浜のブルジョアになったような感じだと思ってましたけどね。何だか明治ブルジョアジーって感じが大変強かったですねえ。だから明治の近代日本の文明開化ということに非常に批判的でありながら、しかし明治時代というものに対しては大変好意的だったと思うんです。大正時代が嫌いでしたね。

河上　よかった、ぼく大正を教えなくて（笑）。

丸谷　ぼく自身は大正時代っていうのは、吉田さんがおっしゃるほど悪い時代かなあという疑問がありましたけどね。

河上 これは別の日に論じましょう（笑）。

丸谷 大正嫌いだったな、吉田さんは。

河上 嫌いだった。少し話は違うが、ぼくは吉田茂さんの七回忌に行った時に、スピーチを命じられたので言いました。茂さんていうのは、白足袋はいたり葉巻を吸ったりして、貴族だって言われていた。日本には貴族って階級はありません。あれは平安朝にあったきりです。明治の華族なんていうのは、戦争に勝った将軍や、金を献上した金持がつくった階級であって、あんなものは貴族じゃない。じゃあ吉田茂さんは何だ。あれはね、侍ですって、そういうスピーチしたんです。侍ってのは然諾を重んじる人間だって訳です。これはその前に佐藤栄作と田中角栄がスピーチをしたので彼らにあてこすって茂さんの人柄を称えたつもりなんですが、健一も同じですね。そういえば茂・健一の親子は、頑固で、チャラッポコを軽蔑する点で実に似てますね。

丸谷 たしかにそういう感じでした。世間の普通のイメージでいうと、吉田健一って人は、むやみに酒を飲んで、大声で笑っている気楽な人という感じだろうと思うんですが、でもぼくなんかが見ていると、どうしてこんなに勤勉に暮すことが出来るんだろうと、むしろストイックな人という感じを受けるんですね。それがごく俗な意味でのエピキュリアンということになっているでしょう。そこんところですね、吉田さんの人柄について訊かれて説明しかけても、わかってもらえないところは。何であんなに勤勉だったのかと、一度考えたことがありましてね。そこでぼくは、これはやっぱり横浜のブルジョアジーということと関係があると思ったことがありました。

河上　それはよくくんでやってくだすった。だけど明治の横浜のブルジョアって、必ずしもそんなに立派じゃないんですよ（笑）。それは丸谷さんの人徳だ。

ずいぶんおれを肴にしやがったからなあ、健一は、かれこれ半世紀ですよ。

丸谷　つまり香典泥棒に対するチップのためにせっせと書いたっていう、そういう生涯なのかもしれないですね。文学の逆説性を身をもって表現してるようなところがありました。そこがひどく贅沢な感じでね。贅沢さと文学ってものとは、非常に密接な関係があるはずなんだけど、吉田さんが考えていた文学にとっては特に密接な関係があったわけなんですね。そして日本の出版界は、初期の頃は彼の読者がすくなかったから、彼の贅沢さを支えるだけの収入を吉田さんに与えなかった。しかし高度成長のせいで吉田さんのものを読む読者がふえた。あれは文明がその分だけ成熟したということで、その時に吉田さんはあれだけものを書くことが出来たから……何かそういう形で、池田勇人は吉田茂に義理を果した（笑）。これが、ぼくがこの間考えた冗談なんです。

河上　それから健坊ってのは面白いやつでね、志賀さんの家へ行った時にすき焼きのご馳走が出てね、それに卵がついていたんだけど、健坊はその卵が割れないんだよ。仕方がないから志賀さんが割って器に入れてやったっていう逸話があるでしょう。こわくて卵が割れない男なんだよ。

丸谷　なるほど、西洋じゃ生卵は食べないからなあ。

河上　またね、健一とゴルフをして歩いている時に、バッタが跳んだんですよ、そうしたら「河上さん、怖いッ」って健坊が言うんだな（笑）。日本でバッタが怖くて歩けますか（笑）。

丸谷　何だかぼくは吉田健一っていう人を見ていると丸橋忠弥みたいな感じがしましてね。

河上　それと同じことかどうか、とにかく私は今度ラフォルグ論を書いたけどその中で、これで世の中は安泰になったってのがハムレット論の結論なんです。ハムレットが殺されちゃって世の中は安泰になる。健一が死んだから、世の中は安泰になった。ぼく楽に死ねるよ。

丸谷　そうですね、由井正雪としては楽に死ねるわけです（笑）。もっとも世間では、河上さんの松平伊豆守って面しか見てないけど（笑）。

つまり吉田さんのあの文体ってのは、句読点を省く前から、何かそういう物騒なものだったと思うんです。彼の文学は明治維新以後の日本の文章の理想というものとぜんぜん違うものだったでしょう。何しろ生卵を割れない文学なんですから。志賀直哉は生卵を割ることの名人なんですから。何だかコロンブスの話みたいになってきましたけれど、生卵が割れなかったのがいけないっていえばいけなかったわけですよ。そして河上さんは、そういういけないものを助長したわけなんで（笑）。

河上　ぼくは健一がぼくを助長したと思ってる。

丸谷　そうも言えますね。ところでね、批評家吉田健一の芸っていうのは何だったのでしょうか。

河上　何だろうな。これは大事なことですね。

丸谷　随筆的なものの場合、あれは冗談でしたね。ぼくはね、吉田さんのそういう冗談というのはブラック・ユーモアにすれすれのものだという感じがするんですよ。特に彼の日本文明批判にね。非常に始末に困る感じがあるんですね。根本的っていうことが、ラジカルってことでしょう。そういう種類のラジカルなもの、それがぼくの吉田健一における物騒なものってことなんです。その物騒なものは、右とか左とかいうことじゃないんですね。つまり文明の構造の根本のところを突くから、ひどく危険な感じになる。応急処置で間に合わないことがはっきりする。それがぼくは一番の問題だと思ったんですけどね。文学と文明のかかわりあう具体的なことで、いちいち根本のところを突かれるって感じが、吉田さんの批評を読んで一番感じることですね。

河上　奥さんから電話で健一の死を知らされた時に、「今晩もうおれくたびれてるから」と言って翌朝行ったんだよ。そうしたら、「まだ納棺してませんから、ちょっと顔だけ見てやってください」というので、二人で枕元に行ったんだ。するとなりたての未亡人が、「この我儘者がねえ」って、顔を指で撫ぜてるんです。それがとっても感動的でしたね。何しろこの病中の彼の我儘は凄かったらしい。話を聞いて彼の創作意欲の激しさと同じだと思いました。

『源氏物語』を読む

円地文子
丸谷才一

『源氏物語』の目ざしたもの

丸谷　以前、ジェイムズ・ジョイスの『ユリシーズ』を訳しましたとき、古代英語から現代英語まで、さまざまの文体の移り変りで書いてある原文を、『古事記』から始めて、現代の新聞の文体まで、あらゆる文体の模写で書いてみたんです。産院の控え室で医学生たちがお酒を飲んで喋っているというかなり長い章ですが、伊藤整さんの翻訳だと意味はいちおう通っていても文体の移り変りにはあまり気を配っていない。そこでぼくは全部きちんとやろうと思い立って、『源氏物語』の文体も試したんですけど、その難しいこと、難しいこと。うんうん唸って頑張ったんですが、書けなくて、結局『夜の寝覚』とか『浜松中納言物語』とか『源氏』亜流の文体でごまかしてしまいました。

円地　そうですか。考えたことなかったけど、難しいでしょうね。私も『寝覚』はちょっと好きで、一時読んでいました。欠本でかわいそうな本だと思っているんですが、『源氏物語』とだいぶ違いますね。

丸谷　小説としての格も違いますし、文章の洗練度も粗いですね。

円地　そう思います。それと私は『源氏』でも、「宇治十帖」と「雲隠《くもがくれ》」までの正篇と文章が違うと思うんです。出てくる人も「宇治」では中流の国司階級が活躍しますね。常陸介とかいろいろでてくるんだけど、正篇に比べて生彩がない。お終いも正篇は源氏が出家しようというところでピタッと決ってますでしょう。「宇治」はあれから流れていっても差し支えない感じ。ですから私だけの気持で言うと、書く人が違ってもおかしくないと思います。

丸谷　そうか、「宇治十帖」の文体で訳すことを考えればよかった(笑)。「雲隠」までで訳すという固定観念に縛られてしまって思いつかなかったんですね。

円地　つまり正篇あっての「宇治」ですもの。もちろん「宇治十帖」は優秀な中篇だと思いますし、いいことはいいですけど。

丸谷　いいですね。『新古今』の歌人たちが惚れこむだけあります。あれはやはり『新古今』時代、鎌倉初期の歌人の生活にとって『源氏』の正篇のほうは、描いてある生活が豪奢でまぶしい感じで、身近でないところがあったせいだと思います。

円地　そうですね。国司が金持になったり、お婿さん探しをする話がでてきますしね。でも、俊成は『源氏』の「花宴《はなのえん》」の巻は殊にいい、「源氏読まぬ歌詠みは口惜しきことなり」と言っています。それ以来『源氏物語』は当時の歌人の教科書だったみたい。『源氏』の歌ってそんなにいいわけじゃないですけど。

丸谷　紫式部も言ってましたが、ほんの少しを除いてそういい歌じゃないですね。

円地　こんな才能のある貴族や女房が集まって歌を詠んだのに、思いのほかつまらない歌ばかりでてくるのはどういうものだろうかと、紫式部自身言いわけらしくたびたび書いていますね。あの時分は物語よりも歌の地位が高かったんですね。

丸谷　その歌の問題ですが、『源氏物語』は、当時の貴族が『古今集』『後撰集』『拾遺集』この三つの三代集のほとんどを暗記して、自由自在に応用することができて、しかもそれが風俗、立居振舞い、すべてを規定していた。そういう生活があって、そこからこの『源氏物語』がでてきたという感じがするんです。まず、登場人物の詠む歌がほとんど三代集の本歌取りであることが第一。第二に登場人物が会話のなかで三代集の和歌の一部分をちょっと言うと、それぞれの和歌全体を引いたことになる。いわゆる引き歌ですね。第三に、引き歌とは普通言わないけれど、使われている言葉が、みんな三代集の言葉と関係があって、どこかでつながっている。そういう言葉の使われ方が多いと思うんですよ。

円地　生活に溶けこんでたんでしょうね。

丸谷　「若紫」の中で、藤壺と光源氏が関係するところで「いかが謀《たばか》りけん、いと理《わり》無くて見奉るほどさへうつつとは思《おぼ》えぬぞわびしきや」の「うつつとは思えぬぞ」は『伊勢物語』の「君やこし我や行きけむおもほえず夢か現《うつつ》か寝てか覚めてか」、その返歌「かき暮す心の闇にまどひにき夢うつつとは今宵定めよ」に何か密接につながっていると思うし、その密接な関係は当時の読者にはみんなわかったから、だから……。

円地 おもしろかったでしょうね。とても。それから源の典侍《ないしのすけ》という六十くらいの老女を、二十歳前後の貴公子光源氏や頭《とう》の中将が相手にしてからかったり遊んだりしてますね。ああいう老女の恋は、『伊勢物語』のつくも髪の系統でしょう。

丸谷 小説家の発想自体が、三代集および『伊勢』から来ているんですね。

円地 会話が始終そういうことで成立って、漢詩の一句を言えば歌で答えるというような、狭い範囲だけど、相当高い教養が必要なサロンだったと思います。『枕草子』に師尹《もろただ》が娘の芳子《ほうし》に『古今集』をすべて暗誦する教育をしたことを村上天皇がきいて、二日がかりで試したとき、親、兄弟が心配してお祈りまでして及第したという話がでてますね。当時は後宮へ上げる娘はただきれいなだけではいけないんで、一流の政治家である父親が字を上手に書け、歌はうまく詠め、琴など音楽を身につけろと、わが家の紋章にするために教育していています。娘の教育に男の人があんなに手をかけたのは、まずあの時代だけじゃないでしょうか。その裏には『今昔物語』の世界があるんですけど、紫式部はそのことも承知の上で、『源氏』という優雅な世界を構築したんでしょうね。

丸谷　二、三百人でしょうけど。

円地　もっとすくないいんじゃないでしょうか（笑）。それほど才能のある人がたくさんいるはずありませんから。でも、やはり『源氏』の偉いところは、自分たちが住んでいたところと別の次元の世界をこしらえたことでしょうね。「宇治」と正篇の違いが話にでましたけど、正篇では天災といっても嵐ぐらい。事故で死ぬとか、病気以外で死ぬこともありません。それが「宇治」になると八宮の家が焼けたり、浮舟なんか自殺まで試みていますわね。

丸谷　言葉はおかしいけれど、『源氏』は理想主義的な小説なんですね。社会情勢という点でも一つの理想を示しているし、理想の男光源氏を主人公にしている。

円地　光源氏は当時の女性の理想だったと思います。美貌、人格、才能、血統が全部そろっている最高の王子、最高の男性として描かれていますね。

丸谷　『源氏物語』を歌舞伎で初演したときに、折口信夫が亡くなった十一代目団十郎に、光源氏を普通の臣下として演じては駄目なんで、実は天皇なんだと思って演ずるようにと心得を伝えています。

円地　そうでしょうね。私、『源氏物語』ほど主人公を甘やかしている小説ってないと思うんですよ。光源氏には紫式部はものすごく甘い。例えば藤壺との姦通にしても、二人とも心の深い人だからということで他にわからないいまますんでしまうでしょう。幼い紫の上を連れてくるところだって、略奪結婚みたいなものですね。空蟬《うつせみ》だって強姦に近い。だけど、源氏がすると和姦になっちゃう（笑）。それに当時の女とすると生活を一応保証してくれることが、恋愛感情と同時に非常に大切だったんでしょうね。捨てられてしまえばそれっきりというケースが多い時代に、源氏は、関係のなくなった女でも、末摘花《すえつむはな》のように醜い女でも、また尼になった空蟬でも、みんな自分の六条の院に住まわして生活を保護してくれますね。しかも美貌と才能と地位を兼ね備えた男が、そういう情け深さを持ってたことは大変なことだったんじゃないでしょうか。『源氏』の作者は紫式部とされていて、事実、そうだったと思うけれど、もし紫式部でないにしても、作者は女でしょうね。

丸谷　やはり男の小説家には、これほど理想の男は書けないという気がしますね。

円地　でも全面的に甘いかというと、そうじゃない。この頃読んで思うんですが、「須磨」で嵐に遭って、家が焼け、源氏が死にそうになるところは、本当に残酷に扱っている。それから大勢の女のハンターとして英雄だった源氏が「若菜《わかな》」では、一番他愛がなくて、足りないような女三の宮に姦通されて、女三の宮と柏木《かしわぎ》の子を自分の子として育てることになる。私はやはり『源氏』は、「若菜」以後が、とてもいいと思っているんですけど。

丸谷　『源氏物語』は「若菜」がないと深みがでてこないし、またそれとは別に、小説として恰好がつかないですね。アナトール・フランスの『舞姫タイス』は、前半、禁欲僧のパフニュスが、罪深い生活をしている娼婦タイスを救おうとする。真中のところで二人は出会う。そして後半ではタイスが修道院にはいり、僧のパフニュスは堕落する。つまり前と後がちょうど反対になっている小説ですが、これをイギリスの小説家E・M・フォースターが砂時計の形をしていると言いました。『源氏物語』もこれと同じで、前半は光源氏が自分の父親の奥さんを誘惑して子どもを産ませるけれど、後半にいくと、自分の奥さんが若い男に誘惑されて子どもを産ませられることになって、ちょうど砂時計の上と下になっている。

円地　おもしろいですね。そういう見方。「若菜」の前、「藤裏葉《ふじのうらば》」で玉鬘《たまかずら》の片もつき、源氏の息子の夕霧《ゆうぎり》も結婚して、いろんなことが片づいて、栄華物語とすれば、あれでおしまいですが、確かに「若菜」以後がないと重みが違いますね。

丸谷　おもしろくないですよね。「若菜」があるから、なるほどと思わせる。

円地　またそれによって、源氏の人間としての深さと大きさがずっと増してきますでしょう。柏木に対しても意地が悪いし、女三の宮にもチクチク針を刺すようなことを言う。苦しくなった女三の宮が尼になってしまうと、私を捨てていく法はないなんて止めているけど、本当は尼になってくれた方が自分も扱いやすいと思うところなど、源氏も四十を過ぎていますから当然だけど、心境もずい分複雑になってきていますね。

丸谷　さっき源氏は男の理想像だと言いましたけど、「若菜」の巻の源氏の、あの冷酷さ、残酷さがないと、本当の男じゃないという感じがするんですよね。

円地　あそこでは、もう恋愛の騎士としては惨敗してるわけですからね。地位としては登りつめていて誰からも非難されない立場にいながら心理的に傷を負っている。いくら柏木をにらみ殺しても負けてるわけでしょう。でも生れてきた薫《かおる》の顔を見て抱いたりしてると可愛くなって「憂《う》き節も忘れずながら呉竹《くれたけ》の子は捨てがたきものにぞありける」という歌を詠む。そして『白氏文集』の詩「五十八翁方ニ後アリ」「しづかに思ひて、嘆くに堪へたり」の一節を朗詠する。その底には頑愚「汝が父に」似ることなかれという意味があって、それは柏木か自分（源氏）のことかよくわからないけれど、そう口ずさみながら幼な児の顔を見ていうところ、やっぱり好きですね。

丸谷　小説的に非常に綾があって、とても複雑な味になってます。

円地　中年以後の感情ですね。折口さんは「若菜」から作者が違うとおっしゃったそうですが、私は書いた時代は違うかもしれませんが、「若菜」以後も同じ作者の筆だと思いますね。

丸谷　ぼくも違わないと思うな。折口さんは「若菜」がいいから男が書いたと考えたい立場でしょう。文芸評論にはときどき、自分にひき寄せた考え方、つまりナルシズムの変形みたいなものがあるんですよ。

和歌に表れる本心

円地　『源氏』の女たちも、几帳《きちょう》の陰に隠れているけれど、それぞれ個性があって複雑ですよね。あの後、あんなに女の個性を描き分けたものがあるかどうか。夕顔にしてもただ可憐な女のように書いてあるけど、前に頭《とう》の中将と関係して子ども（玉鬘）まで生んでいる。私は夕顔には娼婦性みたいなものがあると思うんですよ。それから一種の不協和音みたいな六条の御息所《みやすどころ》……。

丸谷　六条の御息所はいいですね。『源氏』は「若菜」上下と、「紅葉賀《もみじのが》」から「賢木《さかき》」までの二カ所がすばらしい。

円地　「賢木」の、源氏が野の宮へ御息所に会いに行くとこはようございますね。御息所が伊勢に行ったあとの源氏と御息所の歌なんかもずい分いい。歌になると女がとても強くなるんですね。普通だと口にできないことをはっきり言っている。

丸谷　確かに、それがおもしろいですね。

円地　「賢木」のはじめのところで、野の宮から宮中に行く前に、源氏が御息所の娘の斎宮に「八洲《やしま》もる国《くに》つ御神《みかみ》も心あらばあかぬ別れの中をことわれ」と上手に詠みかけているんです。斎宮はお化粧してこれから参内するところですが「国つ神そらにことわる中ならばなほざりごとをまづやただささむ」と返事をする。あなたは誓いみたいなことを言うけれど、神様にさんざんうそを言ってるじゃないか。今さらそんなこと言っても駄目ですと。おそらくお母さんの御息所の心境だと思いますが、強く言い切っている。

丸谷　和歌というものがあるせいで、女の人たちも自分の意志をはっきり示すことができたわけですね。それは一つには和歌には敬語法を使わなくて良かったから言い切れたんじゃないですか。普通の会話は、当時はむやみに敬語を使うでしょう。それで強いことが言えない。会話は遠慮深い表現の場ですよね。ところが和歌だと、臣下が天皇に向けてものを言うかたちで歌を詠む時でも敬語を使わないという、詩的世界の約束事が確立していましたからね。

円地　そうかもしれませんね。言い寄ってきて断る場合でも、和歌だとピシッと断ってますものね。だから、例えば女三の宮にしても、私はやはり柏木を好きになっていると思うんですよ。いくら源氏がすばらしい男であったにしても、年齢的に言えば、柏木の方が近いし、そういう関係になってしまえば、かなり深い執着はあると思うのが普通ですよね。柏木が臨終近い頃、女三の宮に自分は死んで煙になるだろうけど、その煙があなたの御殿のまわりを多分さ迷うだろうというようなことを言ってくる。そうすると女三の宮が後に残って自分がいつまで生きていると思いますか、煙くらべに自分も死んでいくだろうという歌を詠むのね。

丸谷　「立ちそひて消えやしなまし憂きことを思ひ乱るる煙くらべに」

円地　そうです。煙くらべ……そしてその次に「後《おく》るべうやは」という言葉がついているでしょ。私は「後るべうやは」というのはかなり強い言い回しで「あなたが死んでしまって私が無事で残っていると思いますか」という意味だと思うの。ところが、あそこで女三の宮が柏木を翻弄しているんだという説をきいたことがあるけど、そんなのある？　朧《おぼろ》月夜《づきよ》の尚侍《ないしのかみ》ならしかねないけど、女三の宮の性格ではね……。

丸谷　ずいぶん変なことを考える人がいるものですね。

円地　「後るべうやは」と言えば「生きてなんかいませんよ」ということでしょ。まして柏木は重病で死ぬ前なんですから。

丸谷　歌は嘘をつくものじゃないですよね。嘘をつくこともあるけれど、原則としては……。

円地　本音を言うわけですよ。

丸谷　小説家として言えば、女三の宮はなかなかよくできていると思いますね。それから朧月夜の尚侍。考えてみれば、ひどく浮気っぽい、無責任な人ですけど、小説的な魅力がありますね。

円地　これも余り注釈書に書いてないようだけど、六条の御息所と源氏の関係は、相当物質的な面もあったと思います。もちろん皇后になるはずの年上の女で、十分魅力のある人だから、源氏がきらうことは決してないんだけれど、六条の御息所の方が入れ揚げていた。

彼女は財産を人任せにしないで、ちゃんと管理していく才能があって、それであれだけの優雅な暮らしをしていたんですから、若い光源氏におそらくいろんなものを贈ったんじゃないでしょうか。源氏は気まずくなっても御息所には気をおいてますものね。

丸谷　なるほど。いったい『源氏物語』では、物質的な問題が底に透けて見えるように書いてありますね。

円地　よく読めばわかります。御息所の死霊が女三の宮に取り憑くでしょう。そして源氏に対して秋好中宮（娘）の後見をしてありがたいけど「生を異にすると親子の愛情は薄れるものと見える」と言い放ってますが、この御息所の死霊のでてくるのが六条の院でしょ。だけどそもそも六条の院は秋好中宮の里邸にはしてあるけれど、半分は御息所の旧邸地です。冷泉院が退位して秋好中宮が普通の夫婦みたいに院で生活するようになると、秋好中宮には子どもがないから、結局全部源氏が御息所の財産を相続してしまうわけですね。御息所の死霊が、紫の上や女三の宮に祟るのは所有欲もまじっていたと私は思うんです。だけど、こんなこと言うと、余り物質的なことは書いてらっしゃらない国文学の先生方には叱られるけど。

丸谷　ええ、わたしの読んだ範囲では書いていませんね。

円地　明石の上だって、階級は低いけれど財産はうんと持っている。明石の上が都にのぼるとき、父親の明石入道が長く放っといた屋敷を修理させるんですが、管理人とのやりとりがおもしろいですね。娘を上京させるからというと、管理人が「はちぶく」、つまりぶつぶつ言うわけ。取り上げられたら困るから。すると入道は田地は今まで通り農作をしてよいから承知しろと言って当時の権力者になっている源氏のことを匂わせて、やっと「よろしゅうございます」という話になるんですが、ちょっと『今昔』的な世界ですね。

丸谷　注意深く読めば、よくわかるように書いてある。ところが、それをわざとベールを掛けて書くのが『源氏物語』のたいへん特徴的なことだと思うんです。

円地　だから何度読んでも、あ、こんなことが、ということがでてきますね。

丸谷　きちんと物を見た上で、おぼろげに語る。そういうところが『源氏物語』の魅力の一つでしょうね。

円地　それが亜流になると、茫漠とするか、露骨になっちゃいますものね。

丸谷　「若紫」の巻で、源氏が藤壺と関係するところを読んでいると、関係したのかしないのかよくわからない。最後に女房が源氏の着物を集めて持ってくるところで、あっ、やっぱり裸だったんだなとわかって（笑）、納得がいく。

円地　ぼやっと読んでいたら、「空蟬」だってわかりませんよ。弱竹《なよたけ》のようにしなって言うことをきかないというようなことを書いて、じきに朝になるでしょう。私なんか少女時代には何もないのかと思っていた。ああいう省略手法もあるんですね。

丸谷　あるいは、余白をうんとたくさん置くことによって刺戟が強くなる。

円地　ポルノみたいに書いたらおしまい。

近まさりする源氏

丸谷　このへんで円地さんと『源氏物語』との関係を伺っておいた方がいいですね。

円地　「近まさり」という言葉を、私は『源氏物語』で覚えたんですけれど、丸谷さんはもっと前に知ってらした？

丸谷　いや、知りませんでした。

円地　几帳に隠れている女の人を、そばではっきり見たら、なおさら美しさと良さがわかったということを「近まさりする」と言うでしょう。私にとって『源氏』は全面的に近まさりしてますね。初めからいかれちゃって、いまだにあまり変化ないんですけどね。そもそもは父方の祖母が一種の語部みたいな人で江戸文学をよく読んでいて、学校に行かない子どもの頃によく話してくれたわけね。その中に柳亭種彦の『偐紫田舎源氏』があったんです。絵表紙が色絵で、中は線だけで描いてある三世豊国の絵が綺麗で、見ながら話をきいたんです。「光氏《みつうじ》というのは光源氏のことだよ」とか「藤の方は藤壺だよ」とかね。『田舎源氏』は江戸時代の文化文政期の女たちの見るものですから、程度の高いものじゃありません。藤壺と源氏の姦通も書けないから、朧月夜に比する桂木に替えたり、兄さんの朱雀院に将軍の位を譲ろうとしてわざと放蕩するというように徳川時代の倫理でできてるわけ。
丸谷　あくどくなってくるわけですな。
円地　だから内容とするとつまらない。文章も大してよくない。『源氏』とは段が違いますが、結構ガイダンスとしておもしろかったから『源氏』に入る時は楽でした。小学校時分、父が監修してたのか家にくる有朋堂文庫を、これが本当の紫式部の『源氏物語』なのかと見てたんです。
丸谷　しかし有朋堂文庫の注釈なんて、実に簡単なものでしょう。あれでお読みになるというのはたいへんな学力ですね。
円地　そんなことで読みついて、初めは主語がないから誰が喋ってるのかわからなくて参ったんですが、何やら取りついて「須磨」あたりでも途切れもせずに……でも半ば以後のよさがわかったのは二十代になってからでしょうね。初めは「須磨」「明石」までがおもしろかったですね。
丸谷　ぼくの『源氏物語』のつき合いは最初が春陽堂文庫の『少年少女源氏物語』を小学校六年生ぐらいの時読んで、まあ何という退屈な小説だろうと思って、それでもとにかく読んだのが最初ですね。
円地　随分早いおつき合いですね。
丸谷　それから高等学校一年のとき教室で教わりましたが、学徒動員になりまして「帚《ははき》木《ぎ》」の「雨夜の品定め」でおしまい。

円地　じゃ、理論物理でおしまいになったようなものですね（笑）。

丸谷　それ以後ずっと付き合ってなくて、大学出て十年以上経ってから読まなくちゃならなくなって、与謝野さんの訳とアーサー・ウェーリーの訳と原文と、三つ並べて、万年床をして、とにかく読みに読んだ。枕元には三つ並ぶけれど、机には三つ並ばないから（笑）。それで一番よくわかったのがウェーリーでした。

円地　正宗白鳥さんと同じですわ。あれはかなり省略の部分もあって、必ずしも正確な訳じゃないんだけど、イギリスの宮廷みたいな感じでおもしろいですね。

丸谷　つまり、私はなるべく与謝野晶子で読むわけですよ。わかりやすいから。ところが、非常にいい訳ですけれど、読んでいて何だかわからない部分がある。そこのところを原典に当ってみる。すると、やはり難しくてよくわからない。

円地　源氏自身なのか、家来が言ったのかよくわからないで、与謝野さんでも、谷崎さんでも、みんなぼかしていらっしゃるところがあります。そういうところをウェーリーは歌がないせいか、あっさり片づけてますね。

丸谷　だから、ウェーリーでいくとすっきりと頭に入るんです。

円地　正宗先生が「俺はウエーリーで読んでおもしろかった」とおっしゃるから、「私は子どもの時から読んできたから、やっぱり原文の方がいいですね」と言ったら、「そりゃそうだろう。わかれば、原文の方がおもしろいに極っているよ」（笑）。

丸谷　正宗白鳥らしい率直な話ですね。

円地　私は口語訳する時には、自分の良い加減な読みでは困るから玉上琢弥さんの『源氏物語評釈』なんか読みましたが、長く読んでいるから、当っていることの方が多ござんしたね。『源氏』には四百何人が登場するそうですが、式部卿宮とか兵部卿宮とか二人も違った人がでてくるのを全部知ってますよ。舟橋聖一さんが歌舞伎になすった時に、これはどの式部卿宮なんて教えてあげました。

丸谷　こんがらかりますものね。名前が。

円地　朧月夜とか秋好中宮とか、あとの人が皆つけたんでしょ。夕顔や空蟬も歌から取ってつけたんですね。

丸谷　名前を知ってるのは親、兄弟だけで、名前を明らかにすると呪術にかけられやすいから忌むんだと折口信夫は言ってますね。家系には皇后なんかは名前が書いてあるけど、あとはただの女《じょ》ですね。

円地　紫式部も本名はわかりませんものね。

丸谷　変な話になるけど、猫が飛びこんで御簾を上げてしまって柏木が女三の宮を見てしまうところがあるでしょう。柏木は、それでいよいよ恋情を募らせるんですが、ぼくはかねがねそんなにうまくいくものかと思っていたんですよ。そしたら小学館の秋山虔さんの

『源氏物語』の注に「ここの御簾の上り具合がどうしてもよくわからない」と書いてあって非常に安心した。というのは、ポーの『モルグ街の殺人』という猿が人を殺してしまう小説を翻訳したことがあるんですが、猿があいている窓に飛びついた反動でスーッと入るくだりがどうも納得できないので苦労したことがあるんです。読んでる時は何とも思わなかったんですが。

円地　翻訳しなきゃならないことになるとえらいことになる（笑）。私が思うには猫に紐がついていてある程度しか外に行くことができないので御簾が上ったままになったと取って、そこはそんなに不自然には思わなかったけれど。でも「朝顔」の巻かな。三十二、三の源氏が朝顔の宮を尋ねるとき「みそとせにもなりにけり」と書いてある。これは三十年か三年か説があるけれど、私は源氏が須磨から帰って三年以上たってるし、昔のことを思い出して三十年という気持の方が本当だろうと三十年としたんです。そしたら、とてもよく『源氏』を読んでいられる吉田秀和さんが三年だと思うがと、音楽評論に書かれたこともございました。

丸谷　写本のまちがいでしょうが、翻訳はどちらか取らなきゃなりませんから、難しいですよね。

実践的な読み方

円地　私は今でも気分が悪い時、どこでもいいから『源氏』を読んで寝てしまう、そんなふうなつき合い方をしていますし、別に「わが仏」だから言うわけじゃないけど、やっぱり『源氏』にたくさんの人が近づいてもらいたいと思いますね。

丸谷　その具体的な読み方なんですけど、ぼくのは円地さんの熟読玩味と違って、まことに便宜的なので具合が悪いんですが、普通の読者には逆に参考になる面があると思うんです。それを勧めると、巻二つくらいは原文で読むほうがいい。あとは円地さんの訳でもいいし、谷崎さんでも与謝野さんでもいいから口語訳で読んでいく。それもできれば「賢木」と「若菜」上下を原文で読むのがいいでしょうね。

円地　「若菜」上下は長いのよ。私、十巻で訳したけど、一巻分でしたよ。

丸谷　で、原文を読む場合には横に口語訳を置く。私の経験ではテキストは小学館か新潮社の全集がいいと思います。更に贅沢を言えばウェーリーの英訳をときどき覗くのもしゃれたものですよ。なぜウェーリーがいいかというと『源氏』を読む時、私たちは今の日本の皇室をどうしても頭に置いて読んでしまうでしょう。ところが日本の宮廷というのは、ぼくの考えでは江戸初期の後水尾天皇以後、文化程度が決定的に低くなってしまって、『源氏物語』に書かれている物質的にも精神的にも程度の高い宮廷の、あの豪奢な感じをわれわれが思い描くには邪魔になるんですね。その点、ウェーリー訳で読めば外国ではあるけれど、貴族生活がピンとくるわけです。

円地 ルイ王朝とかね。けれど、昔の『源氏』の雰囲気を出したいというんで、研究者たちが高野山かなんかの奥まった寺院に籠って、中世の写本で読んだ話をききました。それも一つの読み方だと思うけれど、やはり機械文明の発達した現代人として読んでほしい気がしますね。

丸谷 今の生活感情をどんどん入れて読んで、ぼくは一向に差し支えないと思いますね。ぼくは今五十四ですけれど、なるほどおれは女三の宮を柏木に取られるくらいの年なんだなと考える(笑)。

円地 折口さんは「若菜」から読めっておっしゃったわね。でも私はあとから書いたとも言われますけど、光源氏の生い立ちの書いてある「桐壺」から順に読んでほしい。他の物語の出だしとまるで違いますもの。普通は何々の大臣が子どもがなくてお祈りしてお姫様ができたというふうでしょう。それが初めから「いづれの御時にか……」で趣きが違いますでしょ。

丸谷 ぼくは折口信夫の説は非常におもしろいと思うけど、「桐壺」から読むと、歌と地の文の入り組んだ関係がわかりやすくていいんじゃないかな。それと原文を読む時、ところどころ音読するといいですね。

円地　それは本当にいいですね。主格がなかったり、途中からほかの人に変ったりしても、音読するとわかります。

丸谷　不思議にわかっちゃうんですね。

円地　『源氏』は知識人が読みついで、伝えてきたんですね。その代り、徳川時代でもエロティシズムはけしからんと姦淫の書として扱われて、戦争中も谷崎源氏の「藤壺」の件は削除されたり。

丸谷　しかし、小説家としてみると、現代小説と『源氏物語』の関係は非常に難しいんですね。一つには和歌を至るところに使うなんてことは現代小説では禁じられてます。それから登場人物を極端に理想化することもこれまた難しい。そんなふうに現代小説と全くかけ離れているんですが、反面、人間を時間の流れで捉えるところや、恋愛を社会との関係で見るというように、現代小説にとって刺戟的なものをたくさん持っている。だからぼくは『源氏』を近代や現代の小説の範疇に押し込んだり、直接応用して小説を書いたりすることより、『源氏』から刺戟されて小説を書く方向に魅力を感じますね。

円地　『源氏』は内容が非常によくできていますからね。あれだけきちっとできていると、もう一つこしらえるというわけにはいきませんね。『蜻蛉日記』になると本当に隙だらけの小説だから、堀辰雄さんや室生犀星さんも『蜻蛉』から小説を作れたと思います。谷崎さんの『細雪』も、『竹取物語』を思わせる玉鬘の求婚談あたりの雰囲気で、一番根本になっている「若菜」ではありませんね。私も『源氏』とは随分仲よくしましたが、やっぱり書けません。

丸谷　なさらなかったのは、それだけ『源氏物語』をよくお読みになっていらっしゃるからだと思うし、円地さんがたいへん批評家的な小説家だということだと思いますね。

円地　何だか持ち上げられているみたい。

丸谷　少しはお世辞も言いませんと。

円地　光源氏はお世辞が上手ですものね（笑）。

花・ほととぎす・月・紅葉・雪

大岡　信
丸谷才一

動植物のランキング

丸谷　この雑誌（「諸君！」）の「草木虫魚」というカラー写真の頁に、あなたが王朝和歌を選んで添えているでしょう。日本の文学の伝統と日本の自然美を、現代人に一気に近づける、面白い試みだと思う。写真もきれいだし、毎号楽しみにして読んだり眺めたりしているんですが、選ぶのは大変でしょうね。

大岡　ええ。ぼくも興味があったから選歌を引き受けたんですが、第一回目に手をつけてみて、驚きあきれました。

第一回は六月号でしたから、写真は最初の頁がアジサイ。あとは葉の生い繁った森とか、クモの巣に露がいっぱい溜っているシーン、麦の穂の上に青蛙が乗っている写真などが選ばれている。で、そのなかの、たとえばアジサイに合った歌を探すとしますね。目星をつけるためには、『夫木《ふぼく》和歌抄』あたりをまず見るという手があるわけで……。

丸谷　類題和歌集のたぐいね。

大岡　『古今和歌六帖』なども、いわば『夫木和歌抄』の前身、類題和歌集のハシリですね。そういうものを見れば何とかなるだろう、と安直に考えていた。ところが第一に問題なのは、アジサイを詠った歌がかりに何首か見つかったとしても、それが名歌じゃないんです。素晴しいと思えるような歌がその中にないとこれは悲惨なことになる……（笑）。するとアジサイではない花を詠った歌を探さなければならないでしょう。ここでまた、驚くべきことに、抽象的な花というものを詠った歌はないのですね。平安朝以後の和歌の世界で「花」というと、ふつうは桜を指すという常識がありますね。ヤマブキもツツジも含めた花という概念を詠ったものはない。具体的にたとえばヤマブキを詠った歌なんかは無数にあるけれど、これは当然アジサイの写真とは合わない。困ったあげく、結局、桜を詠ったものを持ってきちゃったのです。

丸谷　何でしたっけ？

大岡　永福門院の、

やまもとの鳥のこゑよりあけそめて花もむらむらいろぞ見えゆく

詠われているのは桜の花ですね。けれども現代の読者はこの「花」ということばを抽象的に把えて読むだろう、という当て込みがぼくにはあった。古人はこの歌からすぐに桜を連想しただろうけれども、現代の読者にはこの花をアジサイの花と見てもらいたいと……。

丸谷　写真のアジサイは昼咲いてるところを撮っているでしょう。ところが王朝貴族にとってアジサイというのは主として夕方ないし夜に鑑賞する花なんですね。

崇徳院

紫陽花の四枚《よひら》の八重にみえつるは葉越の月の影にぞ有りける

藤原定家

あぢさゐの下葉にすだく蛍をば四枚のかずの添ふかとぞ見る

みんな夜ですね。

大岡　「よひら」のよひと宵《よひ》との掛詞でやっている。その制約からアジサイといえば夕方になっているのでしょう。つまり自然界の写実的な描写——見た通りを詠うというようなことは、王朝和歌にはあり得ない。必ず何らかの意味での理想美の状態を詠うことになる。

丸谷　言語遊戯による様式美の枠にはめられるわけですね。この言語遊戯的様式美の枠と、近代技術の粋の一つであるところのカメラの把え方とは、まったく対立している。

大岡　そうなんです。この半年間、そのことのためにぼくはえらく苦心しましたね。『夫木和歌抄』あたりをまず見て、だいたいの見当をつけるわけです。この題材にはいい歌はないという場合は『新古今』『古今』『万葉』にさかのぼっていって、それでもない場合は個人の歌集をあたる。個人の歌集でも類題和歌的に選んであるものならばいいけれども、そうでなければもう……（笑）。

丸谷　はじめから全部読むしかない。索引がないのには腹が立つね。国文学者なんて、くだらないことを研究する暇があったら、索引でもちゃんと作っておけ、と言いたくなるよ（笑）。

大岡　そういうこともブツブツ呟きながらやっているわけです（笑）。写真に撮されたものと、歌とがピタッと合うことはほとんど期待できないことが分った。そこで写真の世界とは、物質という点ではきわめて隔たったもの、しかし精神的な意味ではつながるものを、「取合せの妙」でつけてみようと思いましてね。

丸谷　俳諧用語でいう「匂いづけ」みたいな感じになってくるでしょう。ひとつの詩的方法ですね、これは。そこがぼくに面白くて、あなたの精神の生き生きしたはずみ具合を楽しんで見ているわけです。

大岡　そう言って頂けるとありがたいけれども、ほんとは泣きながらやっている。

丸谷　だって、詩人というものは詩をつくるときは常にそうなんだから。

大岡　泣きながら作っているのだけれど、世間様から楽しんでいるように見えればそれでいい。そう見えることを願ってはおりますけれども（笑）。

丸谷　「草木虫魚」を見ていて気がついたんですが、王朝和歌に出てくる動植物には、勅撰和歌集には決して登場しないものがあるような気がする。いま話に出たアジサイなんかそうで、王朝和歌で詠われないではないのに『古今』から始まる二十一の勅撰和歌集には出てこない。網羅的に調べたわけではないから確言はできないけれども、まず登場しないといってもいい。

どうも日本の詩歌の伝統は動植物に一種のランキングをつけているのではないか、と思われるんですね。ランキングの最上位が勅撰集に出てくる動植物であって相撲でいえばこれがまあ東西の三役。次が王朝歌人が取上げた動植物で、これが幕内。その次が俳諧ではじめて取上げた動植物、最後に現代短歌、現代俳句にうたわれるもの――という四段階がある。たとえば桃ですが、これは『古今集』の四二八番、第十物名になりますが、「すももの花」ということば書きがあって、

　今いくか春しなければうぐひすも物はながめて思ふべらなり

これはうぐひすのすと物のもまでですももになるという……。

大岡　読み込みですね。

丸谷　ええ。それから四二九番の「からももの花」。カラモモというのはスモモではなくてアンズですね。

あふからも物はなほこそかなしけれわかれむことをかねて思へば

大岡　いずれも桃そのものを歌ったわけではない。

丸谷　そう。それにしても、『古今集』にはこの二首だけなんです。おそらく『古今』時代の王朝貴族にとっては、桃の花などまともに詩で取上げるほど格の高いものではなかった。『古今』は勅撰集の最初のものだから、これがわれわれの意識を強く規定してしまって、桃の花は詩的ランキングが低い、ということになっている。

大岡　江戸時代の芭蕉の弟子森川許六の随筆『百花譜』に、洗練されていない女の子の、ゴテゴテ着飾って着ぶくれしたようなのを桃の花にたとえて、「桃は元来いやしき木ぶり」といっているところがある。桃の評価は文人社会の通念としては一般的にそんなところだったんでしょうね。

丸谷　鬼貫の『ひとりごと』の中にも、確かそんなものがあったな。

大岡　そういう意識は王朝時代から連綿とあったんでしょうね。ところが、日常生活では桃の花はとても愛されていた、三月三日のお節句をはじめとして。そこが面白く、不思議なところです。

丸谷　桃の呪術的な要素を、われわれは中国から学んだわけでしょう。それが桃太郎説話などにつながって、日常生活で愛されるイメージになっている。ところが王朝和歌の世界というのはもっと特殊なものなんですね。

大岡　そう。中国とはハッキリ分れてしまう。中国では桃李梅杏が愛される木の横綱ですね。いずれも白または紅系統の、桜よりは鮮やかな感じの花が咲く上、盛大に実がなるものばかり。日本では、梅は『万葉』時代には非常に愛されたのに『万葉』から『古今』に至る間に梅と桜の位置は大逆転してしまった。以後、花といえば筆頭は桜です。それからオミナエシのような、優美な感じのする草花が大恋愛される。紀貫之なんか随分この花の歌を作っていますね。別に色鮮やかでもない花で、これは名称の優美さとか、別の要素で愛されるのか。

もっともオミナエシのような黄色系統の花が、王朝和歌では愛されていますね。たとえば山吹は蛙との取合せでよく登場します。夏、山吹が咲く、そして蛙が鳴く、という連想反応のパターンがあって、あれは蛙というよりは蛙の声が愛されているんだな。クモなどは、これは糸だけで愛されている生物ですね。「ササガニの糸」と、糸までつながらないと、歌にならない。もっとも『日本書紀』にも『古今集』にも、

わが夫子《せこ》が来《く》べき夕《よひ》なりささがねの蜘蛛の行ひこよひ著《しる》しも

という歌がある。伝説的な美女衣通《そとおり》姫が歌ったという歌で、クモが軒端でせっせと働いていると、思う人がやって来るという俗信から出たものですね。

丸谷 これだって裏にはちゃんと糸があるわけですね。

大岡 クモの糸は、雨がかかって露がキラキラしているところが美しい、というような把え方もあるけれども、それより風に破れやすくてはかないところに一種の美がある、と見る。ササガニの糸といえば「われらのはかなき宿命は……」とくるんです。

丸谷 やはり仏教的な感じ方ですね。そういう、仏教——というよりもっと広い意味での宗教性、信仰と結びついたときに、自然というものが明確な意味を持って迫ってきて、それが心をゆさぶる。

大岡 そうですね。そう思います。

運動会に生きる呪術

丸谷 これは斎藤正二という人の『日本人と植物・動物』という本で学んだのですが、松というのは日本の民族・宗教にとってきわめて大事な、神木の意味を持っているという。

たとえば「影向《ようごう》の松」とか、日本武尊の松とか、磐代の松……「磐代の浜松が枝を引き結び真幸くあらばまたかへり見む」。

大岡　有間皇子ね。

丸谷　そうそう。そのような宗教性と結びつけて理解しないと、松の歌は意味がわからなくなる、というのです。神木としての松を尊ぶ、という意識が、ずっと日本人を支配してきた。ところが、明治末年になると、西洋文化の影響で日本人の樹木に対する意識がガラリと変ってしまった。松なんか価値がなくなって、白樺がもっともいい木になる。で、当時のもっとも優秀な若い文学者たちが、自分たちの雑誌に「白樺」という題をつける（笑）。

大岡　大逆転……。

丸谷　そうそう。これは先程話の出た、梅と桜との逆転以上の大逆転かもしれない。われわれは、植物の位どりすらも変るほどに烈しく、西洋文化と接触したんです。

大岡　余談だけど、白樺というのは、虫がつきやすい木で、平地へ持ってくると、よく幹を喰い荒されて枯れますね。日本文化への、西洋文化移植の状態と暗合するものかな（笑）。

丸谷　この逆転を花でいえば、バラですね。明治四十年以後の、代表的な花というのはバラということになる。

大岡　近世の障屏画の画題としては、薔薇というのが結構描かれていたようです。

丸谷　ほう、あるんですか。

大岡　といっても、いまのバラとは違うのだろうと思います。文字としては確かに薔薇と書いてある。中国渡来の文字として薔薇というのは、きわめて古い。平安初期の勅撰漢詩集の頃に、すでにこの文字は日本人にとって親しかったようです。薔薇の花などをとってきてその美しさを競う闘草とか闘花とか。

丸谷　植物のことで具合が悪いのはそれですね。漢字の「紫陽花」とわれわれの知っているアジサイは違うんだ、という。『白氏文集』の中で、「何年これを植うるに仙壇上に向き、早晩移植して梵家に到る、人間《じんかん》にあるといへども人識らず、君がために名づけて紫陽花となさむ」という紫陽花、これはアジサイとは何の関係もないらしい（笑）。斎藤さんの本でぼくは知ったんですけれども。

しかし、われわれは『白氏文集』で紫陽花に出合えばこれはアジサイだと思い込むし、いくら違うのだと思おうとしても、どうしてもあのアジサイがちらつくでしょう。これはどうにもしようがないな。

大岡　その手のことはよくありますね。節操ある人をたとえて「松柏」の如し、というでしょう。柏は今の日本では柏餅のカシワだと思ってしまう。中国へ行って「あの木は何ですか」と向うの人に聞いたら「柏です」といわれたのが、葉っぱの広い木じゃない。むしろヒノキとかサワラに近いものなんです。それが「松柏」の柏なんだから参っちゃった（笑）。

丸谷　それじゃ、われわれはずっと漢字を誤読しつづけて……。

大岡　漢詩を読んで「柏」という字から五月のカシワを連想する人は誤読しているわけでしょうね。『万葉集』あたりで詠まれている柏は、どうやら中国式の柏らしいですね。

丸谷　つまり植物学的概念としての植物と文学的概念としての植物とが、まったく関係のないことがあるんだな。

大岡　しかしそういう誤解の上にいい歌が作られちゃった場合には、文学的にはそれでいい、ということになる。言葉という、一種観念の世界に生えている植物、というべきでしょうね。

丸谷　それが現実に生えている植物とまったく関係がないか、といえばかならずしもそうではないんでね。連通管があるようなないような微妙な通い合い方がおもしろい。

編集部　その、王朝和歌特有の美意識の枠組みというのは、いったいどこから出来上ってきたのですか。

丸谷　それはむずかしいなあ。

大岡　たとえば松でいえば、先程言われたように松が非常に重んじられた理由のひとつにこういうことがある。平安中期ごろから、正月の最初の子《ね》の日に、宮中の連中が挙《こぞ》って野原に出て小松を引抜き、その根っこの長さを競いあうという行事が盛んになった。子《ね》の日だからねのび、ねのびというのは根が伸びるという語呂合せになるんですが、もともと中国から伝わったに違いないこの子の日の儀式が、根が伸びるという日本語の語呂と結びついて、特別の観念をもつことになる。根が伸びる、つまり命が伸びる——ということで、きわめて重要な行事になってゆく。

別な例でいえば小学校の運動会に必ず出てくる薬玉。あれはもともと五月五日端午の節句の行事で、麝香や丁子その他の香料を美しい布で包んで邪気を払ったところから出たんですね。この袋の、いまの薬玉でいえば五色の紙でもぶら下げるところに、五色のひもといっしょにぶら下げられたのがアヤメです。アヤメは根ごと引抜いて、根が長いものほど珍重された。これは何年もかかって根を伸ばしてきたアヤメである。同じようにわれわれの命も長く伸びることを願おう、というのが、この呪術的な行事の意味です。もとは中国から来た行事に違いないけれども、美しい行事のゆえに愛されて日本ではアヤメなどがつけ加えられて、自然に、必然的に季節を代表する景物になってゆく。当然、それは歌に詠まれ、美意識の一部を構成して、ついには運動会の人気種目に至る……（笑）。

丸谷　要するに平安王朝というのは、いまおっしゃったような古代信仰と、それから王朝貴族、殊にその中の女性たちの美意識との、極めて特殊な結びつき——それを可能にする奇怪な文明だったわけですね。

他の国なら古代呪術的なものがあのようにはびこることはなかった。西洋ではキリスト教のローラーで圧えつけられたし、中国でも儒教がずいぶん抑圧して、古代呪術的信仰はきわめて低級なものとして、風俗のそこかしこにわずかに残っているにすぎなかった。ところがわれわれの国では古代信仰そのものが、天皇制の政治によって温存され、むしろ助長された。しかもその天皇の宮廷は女性中心であって、その後宮の女性たちの格は高くて、文化の担い手であった。さらにこの後宮は中国などのような閉鎖的なものと違って、わりに開かれた存在だったから、文化的にぐんぐん高くなって行った。

こういうヘンな文化があれほどの初期に存在した例はないでしょう。トルコやなんかの、近東諸国のハレムなんかは閉鎖的だし、文学とはあまり関係がないでしょう。ところが日本の後宮はきわめて文学的で、しかも身分の高い男性たちがかなり自由に出入りしていた。そのせいで精神が自由になったし、文学的な社交の質がどんどん高くなった、古代呪術的なものが新しい文学の展開にこれほど関与した文明は、ほかにないんじゃないでしょうかね。

松に鶯はとまらない

大岡　そんな意味で日本みたいにヘンな国は、ほかにあまりないような気がしますね。

丸谷　美意識の枠組みの基本的な性格としては、まあこういうことがあると思うんですが、これはむずかしいなあ。こういうことは、本当はちゃんとした学者が研究してくれないと困るんですがね（笑）。

大岡　日本という国は、外国との接触で文明が入ってくると、ある時期、相当期間にわたって門戸を閉ざし、外から得たものを内部で熟成して別のものにするという装置がうまく出来ていた国ですね。

丸谷　そうですね。平安朝の三百年と江戸時代の三百年、あの二つの時期が途中にあったせいで、日本文化はこのような整いが出来た。

大岡　ちょうど平安朝の初め、文明を学んできたご本家の唐が揺らいできて、唐へ渡っても勉強するようなことは余りないから、遣唐使を廃止しよう、ということになる。菅原道真がその気運の中心になってついに遣唐使をやめる。その時点で中国大陸から何かが流入してくる、という状態が切れたわけですね。その道真以後に平安朝文化は花開くことになるのだから面白い。

丸谷　『古今集』は道真の死の翌々年でしょう。まさに遣唐使廃止後に、初めて平安朝らしい文化が出来上る。

大岡　植物にしても動物にしても、大陸から文字として入ってきたものを、半分ほどは分らぬながら懸命になって、これが詩なんだろうと思いつつ書いていた時代が過ぎ、身のまわりに存在する動植物に目がゆくようになった。それらを中国式の手法を借りつつ取合わせていったのが、初期の作品となるのでしょう。紀貫之のやり方はどうもそのような形だったという気がしますね。

あの人の歌の作り方には規範性がある。中国の詩格を念頭に置きつつ、しかし物真似ではない、日本独自のものを作ってやろう――という意識で中国と日本をミックスしていった。ミックス名人が紀貫之であり、日本人の自然を見る新しい目がそのまま詩になってくる、という時代は、彼の時代から出発するのだと思います。

丸谷　日本文学のなかの動植物を考える際に重要な要素として、王朝における植物と動物の取合せの型、という問題がある。宗尊親王という、これは鎌倉に招かれて将軍になった人が、若いころ、

心にもかなはぬ音をや尽すらむ芹つむ野辺の松のうぐひす

と詠んだ。そうしたら師匠の藤原為家――これは定家の息子ですね――から叱られて「鶯はやはり、軒の梅とか窓の竹をあしらうのが正しいのであって、野原の松に鶯が居ては様式美が乱れる」といわれた。いくら鶯だって松にとまることもあると思うんですけどね、観察したわけではないけれども（笑）。

大岡　鶯だって困るよ、そう制限されたら。

丸谷　松に鶯はとまらないのが、何ゆえポエティックなのであるか……（笑）。

大岡　これは大問題だ。むずかしい。

丸谷　そこで念のため調べてみたら、一首確かにある。調べたのは勅撰集だけですが、『拾遺集』と『千載集』の重複歌で、

谷の戸を閉ぢや果てつるうぐひすの松に音せで春もすぎぬる

大岡　だけど、この「松」はウェイティングの「待つ」に掛けているから。
丸谷　そう。それで許されるんだと思います。でも鶯と松の取合せはこれだけでした。
大岡　それをお調べになったとは、大したもんですよ。バカバカしい情熱というか……（笑）。
丸谷　学問的情熱といってもらいたい（笑）。
大岡　竹に雀、竹に鶴、柳に燕、柳に鷺。葦に雁はあまりにも有名ですが、すすきに鶉。これらは近世の花鳥画の画題としてもっとも愛されたもので、近世の花鳥画というのは、だいたい王朝の美意識に直結している。つまりだいたいはみんな小さいんですね。こぢんまりしていて一種デザイン風。屛風など、室内の調度品に描くのにぴったりした素材です。こういう点からいうと、王朝の美学というのはある意味でまことに実用向きだった。異様なものは絶対に許しませんね。
丸谷　そうですね。猪ぐらいのものじゃないかな、猛獣は。いや猪は猛獣とは言わないか

（笑）。

大岡　そう。「臥猪の床」というようなみやびな言い方で出てきますね。あれは田家の詩情というか……。

丸谷　一種の牧歌趣味？

大岡　それもあり、また田舎をもっとも端的に表すために、都には居ない動物を挙げる。一つだけ挙げるとすればそれは猪ではないか、ということから約束事ができるんじゃないか。

だいたい勅撰集や王朝和歌の素材の動植物の選択の仕方は、ある風情とか、ある詩的な価値を代表し得るものを一つ定め、その他は捨てる、という形で、だんだん削っていったのではないでしょうか。『万葉集』に登場する植物は百六十種ほどあるそうですが、『古今集』になると多分半分以下でしょう。たとえばクワイ摘みは『万葉』では詠まれているが、『古今』には一つも出てこない。クワイがどういう状態で収穫されるかというようなことは京都の貴族たちの生活実感のなかになくなったわけだから詠いようもなかったのでしょうし、一方、クワイで田舎を象徴する、というわけにもいかなかった。それでクワイは素材から削られてしまった。

丸谷　つまり後宮や宮廷の女性たちの美意識が極端に洗練されてしまった挙句、われわれには別に滑稽に感じられないものが、彼女たちにとっては滑稽なものだったわけね。そういうものを歌に詠むことには非常な嫌悪を覚えたに違いない。あの頃の美意識の洗練ぶりは、ちょっと恐いくらいですね。

月並みの効用

大岡　あの時代の男は、そういう意味で生きにくかったんじゃないかなあ。

丸谷　大変だったと思う。

大岡　『古今集』は全部諳《そら》んじていなければ、もちろん宮廷の女房生活は出来なかったでしょうし、『源氏物語』も主なところは知っていなければいけなかったでしょう。『古今』ばかりでなく、その後の勅撰集にもどういう歌があるか知っていて、男が言い寄ったりすると、ある歌をもじったり、一言か二言、古歌の部分を引用して答えにしたり……。

丸谷　そうそう。部分の引用で全体の引用に替えるからね、教養をたちどころにためされちゃう。

大岡　うまく行ったのか、ふられたのか見当がつかない（笑）。そういうことに興味のない男は相当辛かったでしょう。様式が極度に重んじられたから、様式にうまく適合できない人間にとっては大変だったんじゃありませんか。

丸谷　文学的教養がむやみに大事な時代ですね。あのころは男も女も、見てくれも大事だけれど、それよりも歌の才能の方がもっと大事みたいな……。

大岡　しょっちゅう暗記していなきゃならないでしょう。いまの受験生と同じですよ(笑)。

丸谷　索引システムがないからね。『国歌大観』『続国家大観』なんていうのがなかったから、それは大変だ。

大岡　『古今和歌六帖』が生れた理由もそれだと思うんです。あれは題目で分類した類題和歌集ですが、つまりアンチョコで、その需要は絶対にあった。貴族の子弟には、優秀なのもいたろうけど、大半はボンクラだったに違いない。歌なんか覚えずに済ませられればその方がいい、という連中にとって便利なものが求められていた。

丸谷　若殿輩《わかとのばら》は、たいてい狩とか蹴まりなんかの方が好きだったに違いないからね。勅撰和歌集というもの自体が、一種の主題別の集でしょう。あの編集の仕方が、すでにその実用的教科書であって、歌の詠み方のハウ・ツーものという性格が非常に強い、とぼくは思いますね。

大岡　そうですね。季節の移り行き、恋、慶弔、旅、神仏など、人事百般についての歌を集めているわけだから、たとえば人が亡くなったとき慰める歌をどう贈ろうか、というようなとき、『古今』や『新古今』のその種の歌をちょいともじれば済んだでしょう。その実用性が和歌の歴史においては重要だったのではないか。

丸谷　平安期に入って天皇の呪術性が急激に衰えた。そして天皇は呪術性の代りに、文化の中心としての教育的な機能を出したんだと思います。この場合の教育とは、要するに勅撰集という、歌の詠み方のハウ・ツーものを、朝廷がときどき発行する。そのことによって、文化の中心はここだ、ということをきわめて露骨に主張することができた。

編集部 歌の詠み方のハウ・ツーであると同時に、これは美的感受性の教科書ともなったんですね。

丸谷 そうです。だから松に鶯がとまってもちっとも感動しない、梅にとまったときに初めてポエティックな情感をかきたてられるという教育が広範囲になされてゆく。

大岡 風景を見て「ああ、絵のように美しい」という神経と同じですね。「ああ、詩のように美しい」……。

丸谷 われわれは鶯を見たら何にとまっていようと感動するけどね（笑）。

大岡 平安時代の人は、ホトトギスは冬になると山へ引きこもるものだと思っていた。五月になるとホトトギスが山から平地に降りてくる、と思い込んでいた。つまり五月がくるとホトトギスが鳴く、という定型が感受性の中に出来上ったから、さらには五月一日になったら、必ずホトトギスは来なければならぬ、ということになり、この日になると宵の口からホトトギスの声をひたすら待ち受ける……。

編集部 王朝風月並みですか。

大岡 月並みが下らない、とは言いきれないのは、それによって育てられてきた感受性で自然を見ることによって、新しく見えてくるものがあるからです。宵の口からホトトギスの声を待って起きていると、朝方の感覚がそれだけ鋭敏になってきますね。そんなときに、ホトトギスかどうかは分らないけれども、遠くのほうで鳴いたと思われる声がする——一番先におれが聞いたぞ、ということに詩的な感動を持つ。それは耳を鋭くすることでもあるし、明け方の空気のなかで嗅覚も鋭くなっていったろう。

そういった訓練された五官をもって別なものと相対したときに、たとえばほのかに漂う花の香りなどをパッと把えることが出来たに違いない。だから月並みのなかには、一種教育的機能もあるわけなんです。

丸谷　日本人の初もの好きは、王朝和歌的な伝統とかなり関係があると思いますね。江戸の庶民が初鰹にあれほどの情熱を持ったことにしても、それは夏のひと吹きの風に秋の気配を感じる、というような王朝和歌の伝統の線上にあるものでしょう。

大岡　そう思いますね。王朝和歌で感受性を磨かれると、気配というものをきわめて重んずるようになってしまう。王朝和歌で大事なのは暦なんです。これが基本にあって、暦に対して現実がどれくらいぴったり合っているか、どれほどずれているか——そのことで喜んだり、悲しんだりする。『古今』の第一首目から、それですからね。

丸谷　歳時記は、もとは中国にあった「月令」であるには違いないけれども、日本の歳時記が「百人一首」のカルタと並んでほとんどの家庭にあるというほどの普及率の高さは、

「月令」と比ぶべくもない。これはやはり、われわれの生活のなかに王朝和歌的なものが入りこんでしまっているせいでしょうね。

大岡　そうですね。

「袖ヶ浦」の現実

丸谷　王朝和歌を語る上で忘れてはならないのが、植物と地名の取合せでしょう。せんじつめれば歌枕の問題になってしまうのだけれども。たとえば例の正徹が「花ならば吉野、紅葉なら龍田」と覚えればそれでいい。吉野山がどこにあるか、龍田川はどこを流れているか、などということは考える必要もない、と主張したくらい極端な様式的把握になっている。

大岡　言葉の世界の中で成立している組合せの美ですね。紅葉と龍田の組合せがもう一段階すすむと、「百人一首」にある、

　あらし吹く三室の山のもみぢ葉は龍田の川のにしきなりけり　　能因法師

三室の山がつけ加わってくる。つまりより趣向をこらすわけです。
はじめは視線が上を向いて三室の山の紅葉を見上げている、その視線を下へおろすとそ

の葉は龍田川へ流れて錦となっている――と歌枕を二つ重ねて効果を出しているんです。ところが地理的にいえば三室の山の紅葉が龍田川に落ちることはあり得ない（笑）。能因の時代になると、豪奢な秋の風情を詠うために、「秋のもみぢの龍田川」だけでは、もう我慢ができなくなる。在原業平の頃なら「紅葉の龍田」だけで済むわけだけれど。

丸谷　つまり詩的誇張ですね。

大岡　現実にその場にいないから、いくらでも誇張できる。お蔭で地名がますます有名になっていく。

丸谷　横瀬夜雨の詩に越後の弥彦から筑波山を見る、というのがあったね。

　弥彦山から
　　見た筑波根を
　今は麓で
　　泣かうとは

大岡　あれは見ようと思えば見えるのかな。

丸谷　そんな、不可能だよ（笑）。思えばあれが、日本の詩人が派手に詩的誇張をやってのけた最後になるんじゃないか。昔の日本の歌人は、

独寝の床にたまれる涙には石の枕も浮きぬべらなり
柿本人麿

なんてことを平気で詠った。

大岡 言葉の世界だから許容される。それによってある一つの心の状態が表現されていればよしとしたわけですから。近ごろの芸術用語でいえば、表現主義にあたるのかな（笑）。日本の詩歌は地名のお蔭でじつに豊かになっていますね。どの辺までを歌枕といっていいか分らないけれども、とにかく無数といっていい。

丸谷 「袖ヶ浦」というのがあるでしょう。袖浦という、山形県の海岸にある小さな村ですがね、ぼくは山形が生れ故郷だからよく知っているけれど、全然つまらない所ですよ（笑）。その地名が王朝和歌ではむやみに人気がある。「袖」と「浦」との組合せが詩情をそそるわけね。場所自体はまことに変哲もない。

最近の国文学者が王朝和歌を論じているのを読むと、歌のなかの地名に注をつけて「現在の何々県何々村大字何々」。何をやってるのか（笑）。

大岡 うん、あれ、ユーモラスだ。

丸谷 いま出た吉野の桜、龍田の紅葉以外に、代表的な植物と地名の組合せは何でしょう。

大岡 大阪近辺でいえば「難波江の葦」。

丸谷　「住吉の恋忘れ草」。

大岡　葦は別に難波江の特産でもないのに、難波江、といったら葦というようになってしまうんですね。おそらく、最初に葦の名歌が捧げられた場所が得をする。

丸谷　そうそう。独占権を持ってしまう。『古今集』のよみ人知らず「宮城野のもとあらの小萩つゆをおもみ風を待つごと君をこそ待て」。これでもう「萩は宮城野」にきまった。

大岡　これは植物と地名の組合せではないけれども、やはり『古今集』に、

ながれてはいもせの山のなかに落つる吉野の河のよしや世の中
　　　　　　　　　　　　　　　　　　よみ人知らず

これで吉野川と妹背山の組合せが決り、後年の歌舞伎にまで流れてきますね。

丸谷　ええ、あれは傑作ね。よみ人知らずになっているけれど、ぼくは紀貫之の作だと思うんだ。この華やかでシニックな感じ。しかも『古今』の恋の歌の一等最後でしょう。編集技術からいっても、これは編者自身が作ってそ知らぬふりをして最後に置いたに違いない。それくらいのことをしますよ、貫之なら。

大岡　「武蔵野」といえば「紫」ですが、『古今集』巻の十七の雑歌、

紫のひともとゆゑに武蔵野の草はみながらあはれとぞみる
　　　　　　　　　　　　　　　　　　よみ人知らず

これはとても愛唱された歌謡ですね。『伊勢物語』にはこの歌をもとにした小話がある。姉妹の姉の方の亭主が金持で、殿中に上ろうにも貧乏で着てゆくものもない妹の亭主に、この歌を添えて自分の着物を贈ってやる、という設定だったと思います。紫草が一本あれば、それ故に武蔵野の草すべてが自分にとってなつかしい——つまり自分の妻につらなる縁者は、妻ゆえにすべて愛すべき存在だ、と。

紫草はその根から染料をとるんですが、根ごと引抜いて白い紙に包んでおくと、紙が紫色に染ってしまうほど浸染性の強いものらしいんです。古代の人たちはこのことが日常の知識になっていたでしょうから、紫は一本だけでも色を広範囲に拡げてゆく、という含意をこの歌から容易に読み取ることができたに違いない。その故に愛唱されたんでしょうね。

エロティシズムの匂い

丸谷 王朝和歌で最上位に位する自然の景物が五つある。花、ほととぎす、月、紅葉、雪がそれですが、これは花札にまでつながってますね。アッ、雪はないか。

大岡 ないですね。

丸谷 うーん、どうして花札には雪がないんだろう（笑）。これは一つ山本健吉さんに質問しなくちゃいけないな。

大岡　この五つの景物は四季それぞれの、王朝美意識にとって代表的なものが挙っているわけですが、秋だけが月・紅葉と二つある。とりわけ秋が重視されているのですね。

丸谷　日本人は秋が好きなんだね。収穫の季節でもあり、結婚の季節でもある。

大岡　なるほど。たしかに生殖や収穫にからんで、一種のエロスの漂うものと、秋を感じた。秋と「飽き」が掛詞になるのは王朝からで、『万葉』には見られませんね。元来この「飽き」は物にアキアキしたというような単純な意味じゃなくて、もっと豊かな――食べることでいえばもう十二分に戴きましたという内容をあらわすもので、恋に飽きるといえば、恋愛の情趣はすべて……。

丸谷　満喫した。

大岡　ええ。それが「飽き」。ですから季節の秋と「飽き」を結びつけた感覚は、凋落ではない、充実して十分に満足した、という感じがあって、エロティックなものとつながっているんじゃないか。

丸谷　そうでしょうね。それが秋が好まれ、もてはやされた理由の根本のところでしょう。

大岡　たとえばシカを詠うと萩の花が必ずといっていいほど出てきますが、交尾期に入ったシカが一晩中、妻を求めて啼きながら野をさまよい歩く、通るたびに萩の白い花が散る……というところに美を感じているわけで、このあたりの一種エロティックな匂いが好まれる。藤原俊成などもよく歌っていて、夜通し妻問いをするシカの胸が萩の花をかきわけてゆくと「あだしま萩の花散りにけり」。あだし、という言葉は「あだし野」と同じく「はかない」という意味の「徒し」で使ってはいるのだけれど、それだけでもなくて恋でいう他の男の意の「あだし男」などの語感も加わってくる。そこに何となく微妙な……いわば尾ひれがついてゆくわけですね。その尾ひれを皆が楽しんだ。

そういう洗練のされかたたるや大変なもので、逆にいうとこういった定型を知らないと、なかなか読みこなせない。王朝和歌をいきなり読んでは分りにくい、というのはそういうところですね。

丸谷 ええ。王朝和歌が近代になってあまりにも紹介されなさすぎた。あるいは近代リアリズムの観点からあまりにも否定されすぎた。正岡子規のこの点での破壊力はすごいものですね。斎藤茂吉の『万葉秀歌』と並ぶような、王朝和歌鑑賞の書はいまだに書かれていません。

大岡 王朝和歌については、茂吉が『万葉』について書いたみたいに「感動的だ」と叫ぶような具合にはなかなかいきませんからね。

丸谷 さっき出た、勅撰集の作り方の話と関連があるんですが、秋の話のついでに触れておきたいのは勅撰集の巻立てです。最初が春夏秋冬。普通は春と秋が上下二巻ずつで、夏と冬は一巻ずつ。この四季歌と恋歌が勅撰集にとって最も大事な二つの柱で、その間に旅の巻なんてものがはいる。恋の巻が終ると雑があって、それから普通は釈教、神祇で終る。

さらに四季の歌の配列の最初の春の巻頭は、吉野の山に雪が降る、とか、天の香具山に霞がたなびくとか、ともかくめでたく、大きく、堂々とはじまる。きわめて意図的な構成になっているんですが、この構成が、とりもなおさずわれわれ日本人のものの考え方、感じ方の基本的な構造になっている、と言えるんじゃないでしょうか。

大岡　そういう構成で生活に枠をはめていた。その意味からすれば勅撰集でもっとも重要なのは、個々の歌ではなくて、それを編纂した個人、ないしは編纂グループの念頭にあった様式であり、かつ彼らが日本人の生活全体について描いたモデルというか、構造の……。

丸谷　典型ね。

大岡　典型ですね。ですから日本人の感性をきわめて長期間にわたって深く規制し、かつその中にさまざまな美や楽しみを見出させるように仕向けた、という点で、『古今』をはじめとする勅撰集の撰者の持つ意味が、とても大きくなってくる。一人一人の作品の個性ではなくて、ある共同体社会に共通の美意識というものを初めから作ってしまおう、という意識が彼らにはあったに違いない。

丸谷　その通り。つまり、ぼくは彼らこそは文学官僚っていうもんだと思うね（笑）。

大岡　ほんと。

丸谷　紀貫之とか凡河内躬恒とか、ああいう連中の文学官僚としての優秀さに比べれば、ソビエトの検閲係みたいなことをやってる文学官僚なんて、まことに柄が小さいやね

（笑）。

大岡　現実の地位は低かったけれども、文学官僚としては、彼らは絶大なる力をふるったわけだから。

勅撰集と天皇制

丸谷　彼らがやった、トータルな現実を一つの展開として把握する方法が、巻物の方法でしたね。勅撰集はいうまでもなく巻物に書いてあって、十二巻なら十二巻、二十巻なら二十巻が一つづきになるように構成されている。巻の一の終りの歌が巻の二の初めの歌につづくようになっています。この、世界全体を一つの展開として把握するという勅撰集の方法は絵巻物に受けつがれ、連歌から俳諧の歌仙にまで及んでいるわけです。歌舞伎の作劇術だって、影響を受けてるでしょうね。このように、文学的感受性を規定したばかりでなく、文化全般にわたっていわば編集方法をも規定したところが、勅撰集的な文化意識のひじょうに面白いところでしょう。

大岡　そうですね。さらに敷衍すれば、「本歌取り」という形式にしても、かつて作られた一つの歌が、それだけで生命を終えてしまうのではなくて、いわば継木されながら、新しい時代の新しい歌の中へ取り込まれてしまう——という展開にもなってゆく。

丸谷　連続体としてね。

大岡　もう少しそれが大規模に行われるのが、たとえば能楽の詞章ですね。能の詞のサワリは『平家』やら『源氏』やら、いろんなものを自由に利用した。パッチワークで成立っている。いわば連続意識の上に成立している。

丸谷　あの伝統尊重の気風はすごいものですね。ですから、あわせて二十一ある勅撰集は、それぞれが世界を自分たちの時代の方法で把握しつつ、その各々の時代把握がおのずから一つの正統的な系列としてつながってゆく、という意識のあらわれです。ぼくにいわせれば、天皇制というものをあれほどうまく表現することが出来た形式は、ほかにはなかった。

大岡　まったくそうですね。文化的な意味での天皇制の表現ですね。明治以後の天皇制はガラリと違ったものになっているけれども。

丸谷　その意味でいえば、勅撰集が終ったときに、天皇制は終ったとも言えるんですよ。

エズラ・パウンドの復権

篠田一士
ドナルド・キーン
丸谷才一

パウンド・ブームの意味

篠田　これからパウンドの話をするわけですが、パウンドといっても非常に仕事に幅があって、しかも一番やっかいなのは仕事にむらが多いという点です。すばらしい仕事とつまらない仕事の落差が非常に激しいので、評価がなかなかうまくできない。パウンドを情熱的に研究する人がこの頃ふえてきているわけだけれども、そういう人の場合、アバタもえくぼ式に何もかも結構だということになる。最近の例でいうとヒュー・ケナーの『パウンド論』（Hugh Kenner : *The Pound Era*）なども、一種の力作には違いないけど、どうもそういう傾きがある。いずれあとで、個別的な問題として翻訳に触れて特殊の方をやってゆきたいと思いますが、まず手始めに一般論として、パウンドが、とくに一九六〇年代にはいってから、アメリカはもちろん、ヨーロッパ、とくにパリあたりで大変なブームになってきている。高踏的な文学愛好家、とくに若い前衛文学者の間でブームを呼んでる。それの反映としても日本にもそういうブームらしきものがこの頃出かかってきている。それはなぜかという問題を最初に考えてみたいと思うわけです。パリにレルン（L' Herne）という出版社があって、ここから「レルン叢書」という本が出ているんだけど、これは毎巻特集形式で、ちょうど「ユリイカ」の大型判のような雑誌というか本というか、それが季刊で出ていて、セリーヌの特集を二巻でやったり、ボルヘスの特集をやったり、ごく最近ではルイス・キャロルの特集をやって、これなどは出版されてもう二カ月ぐらいで売り切れになったようです。この叢書で、たしか三、四年前にパウンド特集という上下二冊、総ページにして千ページを越えるものが出ている。これは一つの現れにすぎないわけだけど、一体パウンド・ブームというのは、どうして起っているのかということ、キーンさんから、アメリカの現地報告をやってもらいましょうか。

キーン　篠田さんはパウンドの仕事にむらがあるとおっしゃった、たしかにそうですが、しかしもう一つ、もっとむずかしい問題がある、それは政治観です。それが最近まで大抵のアメリカ人のパウンドの詩の鑑賞を阻んだものだと思います。長い間、戦時中の彼の活躍や詩のなかに見られる右翼的なファシズム的なもの――大雑把に言うと彼の思想は非常に嫌われていて、少数の例外はありましたが、多くの人はどうしても呑み込めなかった。

最近人気が出てきたということにはおそらく政治的な面があると思う。アメリカの学生が右翼的になったということではなく、むしろその反対の事実として、新左翼に右翼思想の一部分を肯定するような面が出てきた。つまり、現在の腐敗した社会を破壊しようと思ったパウンドに同調するようになったのです。パウンドは、高利貸などをしきりに攻撃して、現在の社会の象徴のようなものとして取り上げましたので、新左翼の立場とはずいぶん違うけれども、言うことが案外似ている。わたしの知っている範囲では、去年から現在までアメリカの三つの大学でパウンドに名誉博士号を与えようという運動がありました。最終的にはそれぞれの大学の理事会で否定されたんですが、その理由としては、売国奴だったとか非常に右翼的であることが挙げられた。この運動を推進していたのはむしろ新左翼の学生で、過去のことは過去であって、詩人として、また偉大な思想家として認めるべき存在だ、というわけです。「レルン」でセリーヌの特集をしたということですが、セリーヌも同じような例でしょう。あんなにいやな人間はちょっといないと思いますが、偉い小説家でした。それも異常な人気が出ている。ボルヘスはそんなにひどい右翼ではないけど、ずいぶん保守的です。共産党のような旧左翼の読者なら、パウンドもセリーヌもボルヘスも認められなかったでしょうが、新左翼の場合はもっと革命的で破壊的ですから、新しい眼でいままで憎まれていたような詩人や小説家を認めるようになったんじゃないかと思います。

篠田　要するに、近代ヨーロッパ社会、つまりブルジョア的な資本主義社会を、根底からひっくり返すのにパウンドが強力なテコになるというわけですが、それならば一体、パウンドを思想家として考えた場合、破壊的要素はあるけど、反面、創造的な要素がどこまで読み取れるか、たいへん疑わしいんじゃないでしょうか。

キーン　そうです。わたくし個人はパウンドの思想はぜんぜん買っていません。詩人としてはすばらしいと思います。しかし、いまの若い人たちのように彼の政治的な発言を大目に見たとしても、戦時中、ファッショのムッソリーニのために放送をしたり、アメリカ政府をユダヤ人の手先だと言ったりしたのは許しがたいと思います。

丸谷　ぼくもファシズムは嫌いで、パウンドの詩は好きなんですが、ここでむずかしいのは、パウンドの詩そのものとファシズムとの間に関係はないか、ということですね。これを考えると頭が痛くなってくる。というのは、後鳥羽院の歌のなかに、「駒並めて打出の浜を見渡せば朝日に騒ぐ志賀の浦浪」というのがありましてね。いままで誰も誉めてない歌ですけど、ぼくはこれに非常に感心しました。打出の浜というのは、地名であると同時に駒を打出す、遠乗りに出かけるという意味がある。朝日に騒ぐは、朝日という地名、村の名前に、実際の朝日に志賀の浦波が騒ぐという意味をかけています。ぼくは特に、この「朝日に騒ぐ」にすっかり感動して、こういう味わいのある歌人や詩人は他に誰かいるだろうかといろいろ考えた。それで、やはり世界中で後鳥羽院だけじゃないかという気がしたんです。ところが、出淵博にこの歌を見せたら、「パウンドだ」と言うんだな。

篠田　それはパウンドだ。

丸谷　まさしくね。ランボオじゃなくてパウンドだよ。それで、なんというか一種の右翼的詩人としての後鳥羽院というのがあるわけでしょう。事実、この和歌だって武力蜂起への憧れでウズウズしているところを歌っているしね。非常に典雅ではあるが、王朝の歌にしてはなかなか物騒な味ですよ。源三位頼政だってこんな物騒な歌は詠まなかった。で、これと同じ具合に、パウンドの詩とファシズムも、やはりどこかで微妙に結びついているんじゃないかという問題がある。

篠田　それは、いま聞いていてね、サの音だな。騒ぐのサと朝日のサ、これがブリッジになって非常に bracing な感じを与えている。

キーン　わたしは能や浄瑠璃の翻訳をやったとき、掛詞の英訳にとても苦労しました。しまいに諦めて、これ以上できないと思って原稿を渡した。しかし、本が発行されると、書評家の一部は、わたしの狙いが分らず、掛詞のところなどの英語が不自然だと批評した（笑）。もちろん不自然でした。そうでなければ英語の掛詞ができなかったはずです。

篠田　朝日に騒ぐ——きれいですね。

キーン　すばらしい。

丸谷　とにかく、非常に美しくてしかも物騒な感じがある。

篠田　物騒だけども、陰気な感じはぜんぜんないね。非常に明るくて、だからムッソリーニ的だよ。ヒットラー的というよりは（笑）。

丸谷　だからやはりパウンドに近い。ラテン的なんだね。

世界文学的人間

キーン　日本文学選集を編集していたとき、パウンドの能の翻訳の一つを是非使いたかった。誤りだらけだということはもちろん知っていましたが、英語として最もきれいなものだと思いましたので……。

篠田　ウェーリーのよりいいですか。

キーン　何倍もいいと思います。どんなに誤りがあっても、能の美しさを最もよく伝えたものとして自分の本に入れたかった。それで、パウンドの出版社に手紙を書いて許可を願いました。あの頃パウンドはワシントンの病院に入院していた。

篠田　セント・エリザベス・ホスピタルですね。

キーン　そうです。そしてやっと彼から返事があった。承知した、と。ところが、高利貸のことをたいへんきびしく非難した彼は、なかなか印税のことをやかましく言ってきた。何百ドルを払うべきだが、選集が五千部以上売れたらもっと貰う、七千五百部以上売れたらまたボーナスを貰う。一万部を越えたら大変な金を貰うという手紙でした。

篠田 それでは高利貸と同じようなものじゃないですか（笑）。

キーン そんなお金が払えるかどうか迷いながら、勇気を出して、翻訳に少し間違いがあると手紙で知らせ、訂正したいと申し入れました。それらの誤りは、パウンドがフェノロサの字がよく読めなかったことによるものだったようです。たとえば「あやめ」が「AZAME」となったのはYとZを間違えたためです。そういうことについては、かまわない、直してくれという返事があった。それで、こんどは思い切って、もっと大きな間違いを指摘して訂正したいと願ったら、すごい返事が来た。コロンビア大学は相変らず共産主義の巣だ、とかなんだとか……（笑）。

丸谷 それはまたすごい。

篠田 パウンドの面目躍如としているわけだ。実際しかし困る。とくに『カントーズ』に出てくる儒教ですね。四書五経といっても、『詩経』以外五経は先生まだのようだけれど、とくに四書――『論語』『大学』あたりからの引用があって、彼は要するに儒教の世界が一番理想的な世界だとずっと思っておられるようだ。そうすると、こちらは昔から四書なんてものはいやというほど読まされているから、修身斉家治国平天下なんてものは今日の政治に無力、無意味なものだということをしょっちゅう考えながら、教室で読まされてきたわけでしょう。それをパウンドは非常に熱烈に説く。アメリカ、イギリスあたりのパウンド熱狂家も、そういう儒教の世界が来たるべき未来の世界のあり方だというふうにみんな考えておられるらしい。そうなるとこっちは困るんだなあ。

キーン　そういうことはぜんぜんないと思います。つまりパウンドが攻撃しているようなものを彼らも攻撃しているんですが、パウンドが肯定したものは、彼らいっこう肯定していないんです（笑）。

篠田　信じていませんか。それならいいが、しかしどうもパウンドの熱狂家という人のものを読むと、どうもそういうところがある。

丸谷　それからさっきの話に戻るんだけども、最近のパウンド流行《ばや》り、あれはやはりパウンドのなかに、ヨーロッパ文化の伝統を猛烈に抽象化して、それを祭り上げるという面と、それからもう一つ、ヨーロッパ文化の伝統をちっとも信用しないで、ほかの文化に対して大変な憧れを持つという面と二つあって、その二つがいつも葛藤を起している。あるいは、都合のいいときには片っ方でいって、片っ方のことはすっかり忘れているみたいな、非常に勝手な人でもある。ところが最近の世界は、ヨーロッパ的価値に対する疑惑が非常に出てきて、またそれを表明してもさしつかえないようになってきている。そういう場合に、東洋の詩にあれだけ興味を示したり、儒教にあれだけ興味を示したりしたパウンドは、やはりどうしても目を向けられる。そう思うんですね。さっきの近代資本主義のブルジョア的世界の問題とかなり微妙に重なるんですけどね。

篠田　そうそう。だからヨーロッパとひとくちにいっても、要するにルネサンス以後がいけないわけで、ルネサンス時代に関する彼の最初の批評作品、ぼくは一番傑作だと思うんだけど、あの『スピリット・オブ・ロマンス』ですね、あそこに書いてある、中世末期のプロヴァンスあたりからルネサンスの直前までの世界が彼にとっては理想だったわけよ。それがいつのまにか儒教の世界へ移っていくわけです。それから息子のひとりにオマールという名前をつけて、このオマール・パウンドというのがいま詩を書いている。……なにしろいろんな子供がいるんだから（笑）……あれは正妻の子供かな、それでこれはペルシャ語の詩を書くの、それをまた英訳している。だからどうも、子供も世界文学的に配置している、というところがある。

キーン　しかし、東洋のことに興味を持ち始めたのは偶然じゃなかったですか。

篠田　偶然ですね。

キーン　パウンド自身が予想できなかったことでしょう。

篠田　じつにあれはすばらしい偶然ですね。フェノロサの未亡人という人がたいへん立派な人なのですね。

キーン　ええ。

篠田　よくパウンドのような人に自分の夫の遺稿をあてがったものですね。

キーン　当時の常識として、ほかにもっと有名な詩人がいくらでもいたでしょう。

篠田　それからオリエンタリストだっていたんでしょう。彼は東洋学も知らないし、詩人としてもまだまだ無名だ。本当によくあてがったと思うな。

丸谷　そういう人間関係をつくることの天才なんじゃないですか、パウンドは。別に社交的というわけじゃないけど、文学者としての個性という点で非常に魅力があったとしか考えられない。どうもそんな感じなんです。だからあれだけ周囲に優秀な文学者をいっぱい集めることができた。たとえばあの当時のイェイツはものすごく偉いわけです。パウンドの方はちっとも偉くない。詩人として、横綱と十両くらいの違いでしょう。それなのにパウンドがイェイツに、むやみに威張り散らして教えてやってる感じですね。ところがイェイツはちっとも怒らない。逆にあれだけ信頼する。文学的人間関係の、つまり友人を持つという点での大変な天才じゃないかと思います。

キーン　天才です。エリオットとの関係でもそれが見事に実を結んだんですね。

篠田　ジョイス、ウィンダム・ルイス、それから先輩筋でグールモンとも仲がよかったらしい。おそらく、グールモンがアマゾンといっているアメリカ女性ミス・バーニーを通じてだろうと思う。こう見てくると、文壇遊泳術ではなかなかのエリオットなんかよりも、本質的なところではるかに鋭い人間関係の感覚がある。

東洋の意味

篠田　ところで、パウンド・ブームの大きな原因として、もう一つこういうことがあると思う。二十世紀前半期に各国で前衛運動が行われた。つまり、イギリスでは一九二〇年代、アメリカでもほぼ同じ頃、フランスではダダ、シュールレアリスム、それからドイツでは表現派の運動があった。そういう運動が第二次大戦後全貌がはっきりして、評価などもできるようになって、一応整理された。その結果、パウンドが一番ポテンシャル・パワーのある前衛文学者であったという評価がやっと出てきたんじゃないかと思う。ブルトンあたりがたいへん偉いということになってきて、それはその通りだけど、そのブルトンよりもパウンドの方が、幅の広さ、今後の文学への可能性という点で、より力強いものを持っている、という見通しが言わず語らず、とくにフランスの連中なんかにあるんじゃないか、とぼくは思う。

キーン 丸谷さんがおっしゃったように、西洋の文化に対して幻滅を感じている若者が多いんですが、とくにアメリカの場合そうです。ヨーロッパ人としてはヨーロッパ文化を否定することはむずかしいけれど、アメリカ人としては完全にヨーロッパ文化を否定することはそれほど不可能でもない。そうすると、ほかに学ぶべき文化はどこにあるかというと、パウンドが言うように東洋にあるかもしれない。それで、若い詩人などが当然のようにパウンドの崇拝者になる。

篠田 ビートの一党などはみんなそうですね。ゲイリー・スナイダーとか……。

キーン そうです。パウンドは禅のことに言及しなかったけれど、日本の伝統的な文化に非常な関心を示したので、アメリカの若い詩人のなかでは、パウンドの影響を受けてから、パウンドよりもはるかに日本についての知識を得るようになった。

篠田　最初に挙げたケナーのパウンド論に、こういうことが書いてある。パウンドの東洋的なものへの理解は、彼の独創というよりはニューイングランドの伝統的な考え方だというんです。エマソン、ソローが孔子とか老子とかをやっていますね。そういう世界思想的な立場は、いわゆるヨーロッパのオリエンタリズムとはちょっと違ったもので、ニューイングランド独特のものらしいですね。

キーン　ヨーロッパでは東洋と言う場合、ほぼ近東という意味でした。ペルシャとかアラビアですね。しかしアメリカでは東洋と言うと、日本、中国、朝鮮を指す。意味が違うんです。

篠田　その微妙な違いがあるから、ビートの詩人が、ヨーロッパの若い詩人に比べると非常に自由に東洋にとっかかれるということになるんでしょうね。しかし、ギンズバーグとかスナイダーとかビートの詩人たちは実際に作品のなかでパウンドの影響を受けていますか。

キーン　直接的な影響——たとえば、パウンドのこういう詩を読んだから、自分はこういう詩を書くようになったということ——はないと思います。

篠田　そうでしょうね。

キーン　しかし、詩人としての姿勢に関しては、彼にずいぶん学んでいると思います。とくに、ごく普通の日常的なことばを効果的に使うことなどをパウンドから学んだと思う。

篠田　しかしそういう人はパウンドに限らず、アメリカのモダニストにはいますね。カーロス・ウィリアムズ以下、いろいろやっている。むしろエリオットとか、ウォーレス・スティーヴンスとか、マリアンヌ・ムアーとかいった人たちが例外的で、厳しいフォームを追求するような詩を書く人たちの方が珍しいくらいでしょう。

キーン　わたくしが大学生だった頃、一番学生たちの間に評判のよかった詩人はエリオットでした。エリオットを読まなければ人間でないと思われていたくらいです。

篠田　日本でもそんな時期がありました。

キーン　しかし、いまはやはりパウンドです。学生たちのレポートを見ると、よくパウンドの『カルチュア』とか、そういう本からの引用が出ています。明らかにパウンドの時代ですね。

創造としての翻訳

篠田　ところで、彼の翻訳作品なるものがたくさんあるわけです。さきほど話が出た、フェノロサの草稿を下敷にした『能』や漢詩の翻訳をはじめ、プロヴァンスの詩の翻訳を筆頭にカヴァルカンティの古典イタリア詩があり、そうかと思うと古代英語の詩の翻訳があったり、最近はラテン語の詩とか、それからエジプトの古代の恋愛歌の翻訳とか、それから『詩経』の翻訳、そういうものがあって、現在一冊の『パウンド翻訳詩集』というものが出ているくらいなんです。パウンドのことばでいうと、これらはいわゆる翻訳ではなくて、彼の創作詩とまったく同じ次元で読まなければいけない。批評について書いている彼の文章によれば、翻訳というのは批評の重要な一部門なんですね。つまり、彼の翻訳の場合は、創作詩と、それから批評という両面を考えて読まなくてはいけない。ここで全部扱うわけにはいかないので、能の翻訳と『キャセイ』という漢詩の翻訳集の二つについて、それぞれ多少具体的に話を進めてみてはどうかと思います。これらについては、さきほどもお話があったように、フェノロサの原稿に手を入れたのか、あるいはある部分はそのままなのか、どうでしょうか。

キーン　パウンドはフェノロサの能の美学に関する原稿を引用したりしていますが、そのなかに『錦木』のフェノロサの翻訳の抜粋も出ているんです。それをパウンドの翻訳と照合すると、散文の部分はだいたい同じですが、詩の部分はかなり違う。パウンドの偉さがそれだけで十分わかるほどです。フェノロサの翻訳は悪くはないんですが……。

篠田　逐語訳でしょうね。

キーン　そうでもない。むしろきれいな英語を書こうとしている。しかし、パウンドが手を入れて、あまり感心できない翻訳をすばらしい英詩に変えたわけです。いわば、古い材料を用いてまったく新しい詩をつくったといっていい。しかし、フェノロサの原稿がよくわからなかったことと、頼るべき能の専門家が周囲にいなかったため、軌道をはずれたところがかなりある。パウンドはもともと日本語をぜんぜん知らなかったわけだから誤訳をきびしく咎めることはできませんが、それを自分の詩の材料として自由自在に使った結果、時折、原文から遠く離れた意味になってしまうこともある。

篠田　しかし、音の美しさ、日本語の音の美しさをじつによく生かしていますね。

キーン　原文を思いのまま変えて、逆に日本語の音の美しさを生かした例もあります。たとえば『杜若』の地謡の一部分は次のようになっている。

The waves, the breakers return,
　But my glory comes not again,
　Narihira, Narihira,
　　My glory comes not again.

こういう表現は原文にない。そしてシテの次のせりふにも、

　Narihira, Narihira,
　　My glory comes not again.

と付け加えたんです。英語としてまったくすばらしい。しかも「なりひら」という日本語の固有名詞の美しさを感じていたので、四回も使いましたが、原文には一回も出てこな

いんです。ことばの感覚の問題ですが、場合によって日本人と外国人との日本語についての感覚が違うこともあります。たとえば「葵」という名前ですね。日本人にはきれいでしょうが、外国人には「あおい」という語呂は全然よくない。子音がないからでしょう。

篠田　だいいち正確に発音できないでしょ。

キーン　言いにくい。三島さんの『近代能楽集』の「葵上」のアメリカ上演のとき、俳優たちは発音できないと言っていました。いくら厳しくしても駄目で、結局しかたがないから「あおい」を「あかね」にしてしまった。そういう例もありますが、業平という名前の美しさは、パウンドはほんとによくわかっていた。

篠田　パウンドの常套だけど、ルフランをうまく使う技術は大したものです。

キーン　そうです。この地謡のところは、パウンドの能の英訳に成功した最高のものではないかと思います。まったく見事です。

篠田　いま日本語の母音の問題がちょっと出たんですが、フェノロサは幸か不幸か漢詩を支那人から習わないで、日本人から習ったわけですね、森槐南から。

丸谷　まあ、やはりあの頃なら森槐南になるわけだ。

篠田　これは非常に大事なことだと思う。支那語は子音が非常に多いし、それが効果的に使われるわけです。しかもアクセントが微妙な四声で変化する。ところが日本語の場合はアクセントはそれほど変化しないし、母音が非常に強い。だから『キャセイ』のなかで支那の地名とか人名、川の名前とかが出てきても、おおむね日本式の読み方だから母音が非常に効果的なわけです。これはやはりパウンドの音感にうまく合ったと思う。

キーン　そうです。パウンドだけじゃなく、ウェーリーさんも、一九二〇年頃だったと思いますが、英国でなさった講演のなかで、西洋人には中国の固有名詞は日本語の発音で言った方が分りやすいので、日本語読みを採用することを提案しています。ウェーリーさんはパウンドの影響を受けていたかもしれない。ウェーリーさんの能の翻訳のところどころにパウンドの影響が明らかにあります。いつか、ウェーリーさんにパウンドの能の英訳の話をしたことがありますが、彼はこう言っていました。フェノロサの翻訳原稿が正しかった場合、パウンドは感心すべき焼き直しができた。しかし、フェノロサの原稿に誤訳が多かった場合は、とんでもない方向へ行ってしまった。

丸谷　それはしかたがありませんね、当然そうなってしまう（笑）。しかし確かに、日本化された漢字音の使い方を読んでいると、パウンドは、よほど耳のいい人だったという感じがしますね。その耳の良さが、われわれにはとてもよくわかる。

篠田　そう。それと対応していますが、彼はホメロスを『カントーズ』の第一歌以外でもたくさん使っているわけだけど、あれも彼は同じような手続きでホメロスに接しているわけです。彼はギリシア語はほとんど駄目らしい。あの寛容なモーリス・バウラですら、こんなギリシア語に無知な人間の使うデタラメなギリシア語のちりばめてある詩作品は自分には到底認められないと否定したことがあります。たしか『ピサン・カントーズ』が出たときですね。バウラが言うんだから、これは間違いない（笑）。パウンドはルネサンス時代にフランス人がやったラテン語のホメロスを使って、その英語の自由訳を『カントーズ』の書き出しのところにあてているわけです。ちょうど、森槐南仕込みのフェノロサの支那語の時の翻訳と同じ手続きになっている。だから、パウンドの訳詩は原詩との直接取引きではなくて、何か一つ媒体を間に入れて初めて効果が出てくるという、たいへん自由な、中間利ザヤの多い外国文学の理解、再現のしかたなんだ。

キーン　大抵の場合、パウンドはフェノロサが日本人から聞いた地名などをそのままの発音で自分の詩に使ったわけですが、ずっとあとの『詩経』の翻訳のときは、おそらくフランス人の翻訳を媒体として使ったんでしょう。中国の地名や人名がフランス風の発音文字で書いてあります。

篠田　しかもあれ、中国音ですね。だから、ぼくらには全然わからない。

キーン　同じ中国語の発音でも、フランス以外の国では違う表音文字を使う。おそらく、彼はフランス人の翻訳に基づいて自分の英訳をつくったでしょうから、フランス読みが一番使いやすかったわけですね。アングロ・サクソンの詩の現代訳は別として、パウンドはドイツ系の文化にはあまり関心がなかったと思います。ラテン系の文化に強く惹かれていたんですね。やはり、フランス語訳を媒体としたのは当然だったのかもしれません。

篠田　彼のイタリア好き、ギリシア語好きも、それから『キャセイ』における支那好きも、ぼくは母音の魅力に取りつかれているせいじゃないかとさえ、これは少し乱暴な図式ですけど、思いますね。

母音の魅力

篠田　パウンドの、とくに初期のイマジズム時代の、彫塑的というか、ずばりと削いだような視覚性ですね。短詩型に多いわけですが、ああいうきれいな壁面を持った詩の作り方は、われわれにはよくわかる。

丸谷　七言絶句を読んだような感じになる。それで、非常にいい気持になって、うっとりする。

篠田　しかも日本語で七言絶句を読んだときの感じなんだ。

丸谷　そう。江戸の本の返り点、送り仮名で読んだような気持。つまり、送り仮名があんまりくどくついてない。そういうところが日本人にわかりやすい英詩だよね。

篠田　わかりやすい。エリオットよりもそういう感覚面はよくわかるんだな。

丸谷　じつにあっさりと陶酔できる。

篠田　だから、あの有名な『パピルス』という詩なんかも、意味不明の「ゴングーラ」という母音のもつ美しさで、作品の傑作性が保証されているといってもいいくらいだ。

キーン　彼の翻訳の大傑作は、おそらく李白の『長干行』でしょうね、彼の題名で“The River-Merchant's Wife : A Letter”。

篠田　これはみんな誉めるんだ。ジョン・ウェインなんかも。そんなにいいのかなあ。悪い詩ではないけれどね。

丸谷　スタイナーもペンギン本の『訳詩傑作集』に選んであった。

キーン　ぼくに言わせると、二十世紀の英詩のなかで一番すばらしいものの一つです。しかも、最後の一行はいかにもパウンド的な着想でしょう。

As for as Cho-fu-sa

もちろん原文にないことですが、パウンドは行を改めて Cho-fu-sa に非常に力を入れたのです。母音の魅力を感じたんでしょう。

篠田　ジョン・ウェインもいまのキーンさんと大体似たような誉め方をしていたけど。それから、ぼくが最初にきいた讃辞はフレイザーからだな。

丸谷　何しろ、スタイナーに言わせると、この訳詩のできた一九一五年が翻訳の歴史ではじつに重要な年だってことになるんだから。

篠田　学生に教えると、李白の原詩には学生はあまり乗らないんだな。

キーン　最近、吉川幸次郎先生の翻訳と説明を読んで、パウンドの英訳に間違いが多いことが分りましたが、それでも久しぶりに読んで感激しました。

篠田　それから『キャセイ』のなかに、『詩経』の風雅十四という、あの“Lament of the Frontier Guard”という詩がある。これはたしかウェーリーも翻訳している。それをパウンドの翻訳と比べると、いい悪いは別としてパウンドのことばは非常に硬直なんです。ウェーリーのはエレガントというか、非常にやわらかい感じで、これがイギリスの詩人への影響としてはイーディス・シットウェルの初期の詩に反映してゆくようです。ところがパウンドのハードでシャープなカットをした支那の訳詩の影響は、どうも最近になってやっと影響が出てきたんじゃないかと思う。たとえばイギリスではドナルド・デイヴィとか、ああいう古典主義的な立場をとる人の作品ですね。それからアメリカの亡くなったアイバー・ウィンターズという詩人・批評家がいますね。彼も割に支那の詩人なんかに興味を持ったんでしょう。日本の詩は駄目なのかな、たしか支那の詩の持っている非常に知的な魅力ということを誉めていたけど。

キーン　友達から聞いたんですけど、そのウィンターズ教授に短歌の英訳を見せたら、わたし自身は翻訳としては決して悪くないと思うんですが、彼は、まあ二流のヴェルレーヌだというふうに片付けてしまいました（笑）。

篠田　それはブラワーさんかなんかの訳ですか。

キーン　そう、ブラワーさんです。しかし、さっき誤りが多いと申しましたけども、誤りにも非常に魅力を感じます。たとえば『長干行』ですが、なかの「願同塵与灰」という一行は吉川先生の翻訳では塵と灰とに同じからんことを願いぬと書いてあり、その説明では、塵と灰との間柄のような仲のよい夫婦になりたいと願う……。パウンドの翻訳では I desired my dust to be mingled with yours ——死んでから、わたしたちの灰が一緒になるように願っていた。まったく違うイメージですけど、しかしわたしはどっちかというと、間違いの方がいいと思います（笑）。

篠田　そういうところは、やはり彼なりにヨーロッパ化しているんだな。

キーン　そのヨーロッパ化しているという非常にはっきりした例ですが、最後の方の「預《あらかじ》め書《ふみ》を将《も》って家に報ぜよ」という一行です。この「家」というのがパウンドの翻訳では Please let me know です。日本人もそうかもしれませんが、中国人は家に伝えるんでしょうね。しかし西洋人の場合は、どうしても me になりますね。

丸谷　それは当然なことでしょうね。

篠田　家といったら英語として、それこそおかしくなるんじゃないですか、トゥ・マイ・ハウスとかなんとかいったら（笑）。なんのことかわからなくなる。しかしこの『長干行』の最初の部分はたしかにいいですね。

キーン　見事です。

篠田　原文よりいいかもしれないなあ。

キーン　そして途中で、さっきの塵と灰のすぐあとですが、For ever and for ever and

for ever じつに見事です。ちょうど『リア王』の有名な never, never, never のように、すばらしい効果があります。もちろん李白の悪口をいうつもりではないけど、原文にはそんな迫力はないような気がします（笑）。

篠田 非常にポピュラーだけど、やっぱりいい詩だと思うのは、『玉階怨』ですね。"The Jewel Stairs' Grievance" という。これはたしか五言絶句かな。

キーン この場合も吉川先生の説明と違う。パウンドの解釈――あるいは槐南の解釈――によると、宮女は皇帝が訪ねて来ないから悩んでいるわけですが、吉川先生の説によると、必ずしも人を待っているわけではない。むしろ月光のまぶしさを書いている。

篠田 しかしこれは、森槐南説かどうか知らないけど、前の方がむしろポピュラーな説じゃないかな。

丸谷 われわれはそういうふうに、槐南の説の方を教わってきたわけだ（笑）。

篠田 だから、吉川さんのは新説というか、正説というか。吉川説を読むと、なるほどと感心はするけれど、ね。

丸谷 でも、パウンドの、この「クリスタル・カーテン」なんていうのはきれいだね。

篠田 おそらくこれはフェノロサの原文に手を入れたんでしょうが、いかにもパウンド的だな。

丸谷 音の響き方が、さっきの「朝日に騒ぐ」とおんなし手だよね。

マルチリンガル

キーン　しかし、パウンドは、注で自分の無知がバレることがよくある（笑）。フェノロサの能の原稿に、袴能の役者は相撲取りのように見えると書いてあるところで、パウンドは注のなかで、スモウトリとは何のことかさっぱりわからない、と書いている。日本人の誰かに訊いたらすぐわかったはずなんですが。

篠田　パウンドが知った最初の日本人はダンサーの伊藤道郎ですね。二番目は、会ってはいないけれど、北園克衛です。

キーン　文通していましたね。パウンドの本には Kit Kat というふうに記してある。

篠田　そう、それから三番目が吉川幸次郎さんじゃないですか、戦後。

キーン　しかし、もしわたしが全然知らない国のことばの英訳をやるようになったら、一応その国の人、どんなにむずかしくてもたとえば大使館とか領事館の人でもいいから会って、スモウトリとはどんなことか訊いてもいいと思う。

篠田　いや、大使館の人間にはむしろわからんでしょう、訊いても。

キーン　相撲取りぐらいのことはわかるでしょ（笑）。もっとケッサクなのがあります。例の『杜若』の翻訳のなかに、わたしはこれを是非直したいと思って注文したものですから、共産主義者になったんですが（笑）、In the pierced hat of Sukibitai's time となっています。透額《すきびたい》は一種の冠でしょう。しかし彼は大文字で書いて、スキビタイという人間の時代に……。

篠田　スキタイ人かなんか……（笑）。

キーン　そして、あとで小文字で出ています。やはりそこまでは考えなかったんでしょう。そういう間違いはほんとうに多い。たとえば bosatsu of Gokisaki と書いてあります。それを原文と照らし合わせたらゴキサキは極楽のことだと分りました。つまりフェノロサの字ではrがsのように見えて、uがiのように見えたから、ゴクラクがゴキサキになった。

篠田　いまキーンさんが、自分は知らないことばの文学を翻訳する場合、知らないながらも本国人に訊いてからするといわれたけれど、それは翻訳者として一番オーソドックスなやり方ですね。ところがそれをあえてやらない、……あえてかどうか知らないけど（笑）、やらないところがパウンドのパウンドたるゆえんだし、やはり詩人なんだな、彼は。

キーン　そうすると、ぼくの限界がわかります（笑）。

丸谷　つまりパウンドの場合は、さっき篠田さんが言ったように、非常にはっきりと別の翻訳観を持っているわけなんですね。そういう翻訳観をあれだけ極端に持っている人がいたというのは、やはり二十世紀の文学の、一種の古典主義的な新傾向、文学から文学をつくるという考え方の前衛的な展開、そういう文学理論の宣伝家としては、非常に効果があ

った と思う。

篠田　そう。この頃スタイナーが、マルチリンガル、多言語的世界というものが二十世紀文学の本質だとしきりにいうわけだけど、それは実際パウンドが、まあ非常に粗雑なかたちだけれども、一番壮大な規模でやってしまっているわけなんだ。

丸谷　つまり粗雑であるくらい壮大に、あるいは壮大であるくらい粗雑にやったから、みんなを非常に元気づけるのに役立った（笑）。

篠田　そう。パウンドに比べれば、より対象に肉薄できるだろうという自信は、まあ持てるわけだ（笑）。だから、たとえばアロウスミスという人が、片方でヘーシオドスの英訳をやり、片方で柿本人麿の英訳をやっているでしょう。あれはまさにパウンド的翻訳のスケールですね、パウンドにすらできなかったことだ。あの翻訳を読むかぎりではヘーシオドスより人麿の方が偉いということがわかります。恐ろしいものだと思って、ぼくは感心している。そういう現象が、いま、とくにアメリカあたりでどんどん出てきているわけでしょう。とにかくパウンドは翻訳というものを非常に独特な考えで実践してきた。エリオットなんかは、これをパウンドの「支那の発明」といううまい言い方で説明している。つまりパウンドの『キャセイ』の翻訳を読んでもレッグの支那の文学の翻訳よりも支那文学に接近しているとは到底思えない。しかしこれはこれで新しい英語の富を増したから立派なものだというわけだ。実際は、正直いってこちらはいささか当惑するんですね、いまの場合だと、『長干行』の訳詩がそんなにいい詩か、と（笑）。それがひとつと、それから、そんなにヨーロッパのいままでの英語なら英語の詩のなかで新しいものを強く打ち出しているかどうか、多少疑問を持たざるをえないということですね。

キーン パウンドの翻訳集の序文のなかで、ヒュー・ケナーは、プロヴァンスにしろ中国にしろ、パウンドはどんな外国語から翻訳をしてもいつもパウンドの声だと言っているけど、ぼくはそう思わない。かなり違うと思います。とくに能の翻訳の場合は、アイルランドの方言が相当はいっている。イェイツの影響だと思います、たとえば『卒塔婆小町』の翻訳ではアイルランド人でなければ言えそうもないことばが到るところに散らばっている。わたしの学生で、日本語のよくできるアイルランドの女性がいますけれど、彼女によると『卒塔婆小町』などに出ているアイルランド方言は偽物だそうです。パウンドのアイルランド語的表現はイェイツ自身はアイルランド語ができなかったんですね。パウンドのアイルランド語的表現はイェイツの一種の真似だったんでしょうが、ともかくパウンドの声ではないと、ぼくは思う。中国語の詩の翻訳の場合でも、『長干行』の翻訳と『詩経』の翻訳では全然違うんです。

篠田 違いますね。それは李白と『詩経』が違うという違い方ではないですね。

キーン 『詩経』の翻訳にはアメリカの方言がいっぱい使われている。南部の方言もあるし、まったく西部劇のせりふのようなことばも出てきます（笑）。ほんとにそうなんです。

篠田 『詩経』というのは要するに民謡だから、わざと使っているのかなと思った。

丸谷　わざとだろう、やはり。
篠田　いやしかし、いまのキーンさんの話だと、そこもわざとかどうかあやしくなるぞ。

訳詩集の役割

篠田　日本の近代詩のなかにはいわゆる名訳詩集というものがいくつかある。それを『海潮音』から始めるか、あるいはもっと前の『於母影』から始めるか、いずれにせよ荷風の『珊瑚集』、それから堀口大学の『月下の一群』、あるいは佐藤春夫の『車塵集』、そういう一連の訳詩集がある。これが日本の近代詩を論ずる場合には絶対不可欠なものになっているわけです。こういう訳詩集の功罪は別として、そういうものの果した歴史的な役割は非常に大きいわけだ、日本の近代詩がヨーロッパの詩を取り入れるという点でね。最近キーンさんは、日本の近代詩史を書いておられるようですけど、どうですか、いまあげた日本の近代訳詩集というものは。
キーン　いつか篠田さんが書かれた、いわゆる名訳の批判の文章を読みました。篠田さんは明らかに名訳が大嫌いなんですが……（笑）。しかし、わたしは名訳を読んで、相当魅力を感じるんです。理想をいいますと、名訳でありながら原文に忠実であることですね。たとえばさっきは、『杜若』の間違いだけをあげましたけれども、一個所まったく見事です。原文にたいへん忠実で、しかも、どんな日本の現代語訳よりも立派です。原文は、

花前に蝶舞ふ　紛々たる雪
柳上に鶯飛ぶ　片々たる金

パウンドの翻訳は正確そのものです。

The fitting snow before the flowers : The butterfly flying.
The nightingales flying the willow tree : The pieces of gold flying.

すばらしいです。だいたい日本語の翻訳となると……。

篠田　いや、そのことは、言わぬが花ですよ（笑）。

キーン　よく、片々たる金のように鶯飛ぶとか、そういうふうに不必要なことばを補う。そういう平凡な翻訳はもちろんよくない。しかし、篠田さんのおっしゃるのは、正確であってもあまりきれいでない翻訳と、名訳のようであっても誤りが多い翻訳とのどちらをとるべきかというご質問でしょう。わたしはやはり一応大学の先生ですから、正確の方を選ぶでしょう（笑）。

篠田　ところが『海潮音』なんか、正確でもなければ、それほどきれいでもない。パウンドは英語を未来に向って開いたわけですが、どうも『海潮音』の日本語は過去に向っていたずらに未来の可能性を閉じたところがあって、それが一番けしからんと思う。

丸谷　『海潮音』は口語的なことばを使えない詩人が訳したという感じね。だから未来向けというところがまったくなくなっている。

篠田　しかし敏は、まったくつまらないけど、創作詩で割合コロキアルを使っているんだ、パンの会の影響かなんか知らないけれど。あれがぼくはおかしいと思う。

キーン　明治時代の翻訳の大きな問題です。とくに明治初期の場合は、外国の文学をなるべく日本人に親しみやすいかたちで紹介したかったでしょう。だからもとの題はどうであっても「花柳春話」とか、そういう題をつけて日本人の読者に訴えるようにした。原文に日本人によく理解できないようなところがあっても、説明しないで、日本人の視野を広くするという意思は全然なくて、ただそれを省略した。そうすると『海潮音』とまったく同じようになる、つまり一番こなしやすいかたちで読者たちをよろこばせるようなかたちで発表した。時代の問題もあるでしょう。もしも現在、誰かが同じような翻訳をやろうと思ったら、もちろんみんな大いに反対すると思います。

篠田　現在はもう、名訳詩集のない、いや、あってはならない時代なんです。というのは、それだけヨーロッパは遠くないんですね。すくなくとも訳詩家の意識のなかでは。もっと近くにある。近くにあるということは、もう翻訳するよりもじかにフランス語ならフランス語、英語なら英語を味わうというところへいっている。ある意味では非常に危険なんですけどね。日本の詩の創造にとって非常に危険だ。

丸谷　だからパウンドのような名訳が成立したのは、パウンドにとってやはり東洋の詩がずいぶん遠いものであったということですね。これがやはり非常に大きい。

篠田　そう、遠かったのと、それからパウンドは英語の詩語はどうあらねばならぬかという見識をちゃんと持っていた。上田敏にはそういう見識がなかった。ただ『月下の一群』の堀口大学はどうですか。

キーン　やはり彼は、上田敏よりフランス語がはるかにできたでしょう。自由に読めたので、より正しいと思います。

篠田　それから、堀口大学の日本語は未来へ向って開いていますよね。もちろんパウンドほど広い未来でも、徹底してもいないけど。だけど『月下の一群』を抜きにしては昭和の、すくなくとも昭和二十年あたりまでの日本の現代詩はちょっと語れない面があります。ただ『若菜集』を読むのが面白いか、『海潮音』を読むのが面白いか、ということになると、みんな一時は『海潮音』の方が面白かったわけです。ぼく自身もそうだったですが、そういうふうに日本の詩語はどんどん駄目になっていくわけです。『若菜集』なんか出た当時はぱっと人気が溢れたわけだけど、昭和になってからは、ほとんど直接的な刺戟は与えていないんじゃないかな。

丸谷　ないでしょうね。『若菜集』に代るものが昭和になってからあったとすれば、佐藤春夫の詩だろうね。

篠田　佐藤春夫の『殉情詩集』か、それとも『月に吠える』かな。だから、むしろぼくなんかは日本の近代詩では、案外、訳詩集の方が生命が長いんじゃないかと思うな。いまの若い読者が『月下の一群』をどういうふうに読んでいるかは知らないけどね。

丸谷　でも『月下の一群』はまだ死んでないと思うね。未来に向う力がある。

篠田　ぼくもそう思う。『海潮音』はこれはもう駄目だ、読めないよ、だいいち。『珊瑚集』は、最初ちょっと努力すればその魅力はいまの若い読者にもわかると思う。そうしてみると案外パウンドの場合でも、いわゆる創作詩よりも『キャセイ』なんかの方が長つづきしているんじゃないか。初期のイマジズムの詩は、歴史的価値は確かにあるかもしれないけど、いまとなってみれば、全体として、そう大したもんじゃないというところがいろいろあると思う。そう考えると、『キャセイ』の方が──『長干行』は二十世紀最高の詩の一つといわないまでもですよ（笑）──やはり長つづきするんじゃないかと思う。まあウェーリーの『チャイニーズ・ポエム』、あれもずいぶん読まれているんでしょ、いままでも。

キーン　ええ、いまでも読まれています。

『カントーズ』──狂気と破壊

篠田　最後に、やはりパウンドといえば、なんといっても『カントーズ』なんですね。正直いってぼくは一気に通読したことは一度もない。いまも書いている、百二十章近くまで書いているんじゃないですか。キーンさんはどうですか、あれ読まれますか。

キーン　初めの頃は読みやすいけど、だんだんわからなくなって……。
篠田　しかし、あの英語は簡単じゃないですか。
キーン　いや、英語じゃないです、あれ。大きな漢字があって……(笑)。どういう意味かわからない。
丸谷　パウンド語ですものね。
キーン　税務署のコマーシャルがはいっていたり、ほんとにわからない。誰かの注釈書を使って読んだら、意味はわかるでしょうが、その場合はたして詩として読んでいるのか、それとも解読しているのか、そういう問題になるでしょう。
篠田　まあ結局『フィネガンズ・ウェイク』と似たような……。
丸谷　非常に似ているね。でもぼくの印象では『フィネガンズ・ウェイク』よりもむずかしい。それはひとつには『フィネガンズ・ウェイク』は……。
篠田　まあ、完結しているものね。
丸谷　完結しているせいもあるし、研究が進んでいるせいもある。それから、『フィネガンズ・ウェイク』の方法は、ぼくにはかなりわかったような感じがするんです。鍵のようなものをいろいろ手に入れたという感じがわりにする。ところが『カントーズ』の場合は、その鍵が手にはいったと思ってまた暫くいくと、全然駄目なんだ(笑)。システィマティックじゃないんだね、あの人は。ジョイスはトマス・アクィナスの体系にあれだけひたった人だから、体系的な統一への憧れがある。ヴィコの哲学に対する場合だってやはりそうでしょう。ところがパウンドはそういう完成よりもむしろ破壊……。絶えざる自己破壊。すくなくとも『カントーズ』はそうなんですね。

篠田　システィマティックだと、最初思っちゃうんだ。大体あれはダンテの『神曲』に型どってつくるということを先生自身が最初に言っているし、その後も似たようなことを言っているから、なんとなく壮麗なゴチック建築のようなシステムがあると思って読む。だから、よけいはぐらかされた口惜しさがつのるわけです。そうすると苛々してきて、まあ漢字なんか出てくるので、ぼくらはそれにすがりつく。すがりついてみても一向わからない。ますますわからない。「明」と書いてあって MEI とかね、こう書いてある。なんだろうと思って見るけれど、ますますわからない。

丸谷　わからないね。

キーン　こういうとわるいですけど、彼は一時精神病院にはいっていたでしょう。よくいわれていることですが、精神病院にはいったから戦時中の放送をやったことについても助かった。しかし、それだけのことじゃないと思います。

篠田　ええ、ぼくもそう思いますね。あの人のなかにはやはり狂気があるんだと思いますよ。

キーン　一時、これは出版社から聞いた話ですけども、どんな質問にも、彼はまったく同じ返事を、たとえば「お元気ですか」とか「今日はお天気いいですか」とか、なんかつまらないことをラテン語で答えたそうです。そういう面もあったんです。しかしパウンド・マニアは、彼が書いたどんなものでも、まったくすばらしいと思い込んでいるから、無理して、ないものから宝を出そうとする。

篠田　狂気になってヘルダーリンみたいに筆を止めればいいわけだ、狂気寸前まで書いていてね。狂気もいろいろあるんだろうけど、のべつ暇なしに書きつづけられるのは困るんじゃないかな。

丸谷　困るんだな。パウンドはジョイスに対してはたいへん好意的で、激賞して、まあ世に出してやったわけだけども、『フィネガンズ・ウェイク』に対してはたいへんに冷たいのね。ところがジョイスが死んだときにラジオで放送したんですが、さすがに少し点が甘くなって、「三冊の傑作を書いた作家は、一度くらい実験する資格がある」(笑)と言った。

篠田　なるほどね。

丸谷　あれは非常にうまいと思う。ぼくもそれに倣ってね、パウンドの『カントーズ』の問題に関しては、その前にあれだけいい詩をたくさん書いているんだから、一度ぐらい実験する資格がある……。

篠田　それがあまりにも長すぎるんだ。時間的にも長いし、分量もどんどんふえるし。

波紋の行方

キーン　翻訳の話に戻るんですけど、まだもう一つの面に触れていないと思う。それは原文の鑑賞家としてのパウンドということです。フェノロサの未亡人がフェノロサの書いた原稿をパウンドに預けたでしょう。場合によってはほかの詩人だったら、見てつまらないと思ったかもしれない。それとも、ごくわずかなところだけに力を入れて、あとはそのまま発表したかもしれませんが、パウンドは能のよさがよくわかったわけです。一度も見たこともないし、能についての研究は一つもなかった。

篠田　知らなかったんじゃないですか、能なるものを。

キーン　しかし、彼の能について書いたもののなかにはすばらしいところがある。能のなかにユニティー・オブ・イメージ unity of image というのがあると書いている。これは大きな発見です。日本の学者は誰もそれには気がつかなかった。

篠田　それはあとで日本人も発見したし、シェイクスピア学者がシェイクスピアをそれでやったんじゃないですか。

キーン　この場合はちょっと違います。ぼくは『日本の文学』という著書のなかでパウンドを引用しました。それを読んだ国文学者がなるほどと頷き、初めて日本人は能の unity of image の重要さをとなえるようになりました。パウンドは『高砂』の松や、『錦木』のもみじ葉や、『鉢木』の雪などのイメージはその戯曲のさまざまなテーマを統一させるものだと書いている。すぐれた曲——とくに世阿弥の曲——の場合、その統一性が目立ちますが、パウンド以前には、誰一人それに気がつかなかったと思います。

篠田　なるほどね。それはむしろスパージョン的方法の先駆というか、原理提示ということになる。日本の能研究にとっても重要かもしれないけど、イギリス、アメリカのシェイクスピア研究の先駆的な宣言じゃないですか。つまり、『ハムレット』における病気のイメージャリといったやつですね。

キーン　プロヴァンスの詩の翻訳も大いに西洋文学の理解に貢献したものです。最近、オクタービオ・パスが書いた評論を読みましたが、彼はプロヴァンスの詩は西洋の伝統のなかでも最も大切な要素であると言っています。

篠田　パスはパウンディアンの最たる詩人じゃないですか。

キーン　そうです。パウンド同様に各国の文学に詳しいし、日本文学についてもそうですね。『奥の細道』のスペイン語訳もある。

篠田　しかし彼の場合は、パウンドと違ってちゃんと日本人自身について翻訳をしたり、研究をしたりしている。それだけ時代が進歩したわけでしょう（笑）。彼の『孤独の迷路』という詩論は、明らかに『奥の細道』を下敷にした詩論ですね。そういうように時代がどんどん変ってきているし、パウンドの頃からみると、よりパウンド的になってきているでしょうね。オクタービオ・パスは、たとえば現在のパウンドの文学的影響を考える場合、最も恰好な人物じゃないですか。パウンドの影響を一番真面目に考えている文学者だと思いますね。

キーン　そうですね。

ジョイス・言葉・現代文学

清水　徹
高橋康也
丸谷才一

ジョイス産業

高橋　生誕百年ということで、去年、東京でもささやかながらジョイスのためのお祭りがありましたが、ジョイス研究家であり現役作家でもあるという稀有な存在、丸谷さんとしても何か特別なことをなさったんじゃありませんか。

丸谷　ダブリンへ、ちょっと行ってきたんです。

高橋　それは凄い（笑）。

丸谷　二十四時間ぐらい（笑）。エクルズ・ストリート七番地、ミスター・ブルームの家は改築中で、見ることができなかったんですが、マーテロータワーには上りましてね、非常に感慨にふけった（笑）。

マーテロータワーというのは、要するに石造の塔ですから、非常に頑丈でしてね、この文学遺跡はちょっとやそっとのことではなくならないなと思いました。ひょっとすると、ジョイスは、『ユリシーズ』の最初の舞台が、そういうふうに永続性があることまで考えて、『ユリシーズ』を書いたんじゃなかろうかと思ったんです。

これはジョイスの文学と、多少の関係はあるかもしれない。つまりジョイスの文学は、非常にたくさんコメンタリーをつけることができる。研究書が陸続と出版されることが可能である構造になっているわけですね。

私がジョイスを読み出したころは、ジョイスの研究書とか、コメンタリーとかいうものはまことにすくなくて、全くの素手で向うしかなかった。それが、三十年、あるいは四十年近くたってる間に、何だか本がいっぱい出てきましてね。

清水　ジョイス専門の雑誌まで出てね（笑）。

丸谷　そうそう。雑誌は幾通りあるんだろうか。三通りはありますね。それで、すごいことになって、まあジェイムズ・ジョイス・インダストリーという、一つの……。

清水　ジョイス・アンド・カンパニー……（笑）。

高橋　一にシェイクスピア、二にジョイス、三にベケットという説がありますね。

丸谷　一つの産業になっているわけですよね。

こういうふうにジェイムズ・ジョイス産業が確立するように、ジョイス自身が仕向けているんじゃないか。それが彼の文学的方法の根底にあるものなんじゃないか。

こういうふうに注釈書がむやみに多いものは、英語では二つあるわけです。一つはシェイクスピアで、一つは聖書ですね。シェイクスピアに対してジョイスが対抗意識を持っていたことは、非常にはっきりしています。ところが、聖書に対しても対抗意識を持っていたんじゃないかという気がするんです。

聖書というのは英語で the Book ということになる。この the Book と、ジョイスは自分の作品のことを my book とか my books とか、そんなふうに言っていて、自分の小説とか、そんなふうにはあまり言わなかったんですよ。

そこで「本」という概念が出てくるわけなんですけれども、この「本」という概念は、一方ではマラルメを連想させるでしょう。世界は一冊の本になるために存在するというマラルメの文学観、あれをジョイスはかなり意識していた節があると思うんです。でも、これは清水さんが話をすべきことであって、ぼくはマラルメのことはその辺でとめておきますが、聖書に対する対抗意識、これは、ちょうどシェイクスピアに対する対抗意識と同じくらい、あったんじゃないか。

つまり、聖書のような位置と性格と永続性を持つ、そういう一群の作品群を書きたいという気持がジョイスにどうもあったんじゃないか。その計画がみごとに成功して、いま、ジョイス関係の本が陸続と出ることになった。

でも、ここでおもしろいと思うのは、普通、文学者がキリスト教に対して対抗意識を持ったとき、何をするかというと、イエス・キリストに対する嫉妬ということになるのが普通ですね。たとえばニイチェの場合がそうであり、ワイルドやD・H・ロレンスにも、そういう面があるような気がする。

それから、三島由紀夫の場合にもある。これはややこしくなっていて、明治国家が国教として国家神道を定めたときに、その国家神道それ自体が、キリスト教に対する嫉妬に燃えていて、それで三島由紀夫は、明治国家の国家神道という対抗意識を経由してイエス・キリストに対してやきもちをやいたという仕組になっています。

近代の文学者がキリスト教を意識したときには、自分自身がイエス・キリストに対抗しようという仕組になるのが普通だった。ところが、ジョイスの場合には、スティーヴン・ディーダラスをイエス・キリストに対抗させようとか、自分自身がイエス・キリストに対抗しようとかいう気持は、すこしはあったかもしれないけれど、ほとんど無視して差支えない。ジョイスの野心はそういうことではなくて、要するに聖書の作者たちに対抗して、自分はたった一人で聖書と同じような仕組になる一群の本を書こうとしたという気がします。

そこで、ちょうど聖書やシェイクスピアみたいに、陸続と研究書が出たり注釈本が出たりする本を書こうとする場合にはどうすればいいか。まず考えられるのは、これは当り前の話だけれど、内容が非常にすぐれてるものを書けば、後世の人が研究するというのが第一ですね。

第二は、仕掛けがうんと複雑である本を書けば、後世の人がそのなぞ解きに熱中する。それで、ジョイスの場合には、最初にわれわれの目に映るのは、仕掛けがうんと複雑である。いろんな文学的連想がむやみに使ってあって、それをほどいていくのに、ひどく骨が折れるし、また、ちょっとした学者なら、一つや二つ、すぐに発見することができるという構造になっている。

結局、ジョイスは、ジョイス以前の文化の伝統をうんと自分の作品に集めてきて、それで成立させた。その構造は、シェイクスピアだって、あるいは聖書だって、実はそういうふうにしてできている。ただし、シェイクスピアや聖書の場合には、それが意識的ではなかったでしょう。無意識的にそうなった。それを、ジョイスはうんと意識的にやったんですね。

意識的な仕掛け

高橋　ジョイスがキリスト教にすごい怨念を持っていたという、これは周知の事実ですが、それの中身にわたらないで、聖書という入れ物というか、本の方に話を引きつけたのは、いかにも丸谷さんらしいですね。ジョイスが拮抗しようとした相手として、いまお話に出てきたシェイクスピアと聖書が本になったのが、ほぼ同じ時期、十七世紀の初めですね。確かに活字文化時代、つまりグーテンベルク以後の書物文化の先端にシェイクスピアの全集と欽定英訳聖書があって、そのどん尻というか掉尾に、ジョイスがあるという構図も成立つわけですけれども、同時に、シェイクスピアは本質的には芝居書きだから、作品はすくなくとも第一義的には音声言語として成立し、後で活字文化に組み入れられてからでも、学者以外のイギリス人一般にとっては、まず劇場で聞かれる言語であるわけですね。

聖書に関しても、欽定訳やその前の宗教改革期のいろいろな版が可能になったのは、確かにグーテンベルクのおかげだけれど、聖書学者は別として、やはり、教会での説教とか、口承文化的なものとのかかわりで、成立してきたという側面がある。とすれば、その二つに対抗してジョイスがやろうとしたことの特質は、彼および彼の読者が、徹底的に活字文化の中の人間だという自覚でしょうね。そのことが、キリストの人間的問題よりも、キリストが文明の中にあらわれる形としての書物の方に、彼の対抗意識、敵意を向けさせたということは言えるかもしれませんね。

清水　いま丸谷さんがジョイス産業という言葉でまとめたような、注釈書が無限に出てくる作品というのは、フランス文学で言うと、ラブレーとマラルメですね。この二人が、実に興味深い具合にジョイスに見合うんです。ラブレーの場合には、二重の意味で曲がり角の時代にいた。ルネサンスという社会的、思想的な危機の時代にいて、そのなかで言語的にはフランス語の曲がり角の時代を生きていたわけです。

ラブレーは正面の敵としてたとえばキリスト教があったし、それから言語的にギリシア・ラテン以来の無数の神話、伝承と、アモルフに膨れあがった方言と俗語があって、それを巧みに使って、一方では戦略的に、自分がローマ法王庁から首を切られないためにむずかしいものを書く。もう一方では、たぶん、むずかしいものを書くことがひどく楽しくて、あげくの果てに、自分の作品の一番最後に、難語注釈を、これまたたぶん面白がってつける。

ジョイスと関連させてマラルメの場合を考えても、マラルメが詩人として生きた一八六〇年ごろから九〇年代の終りまでを含め、『ユリシーズ』の書かれた一九二〇年ぐらいまでというのは、ほとんど恒常的な危機の時代だろうと思います。

ジョイスが文学的仕掛けにおいて意識的に伝統を集めて、あのような作品をつくろうとしたことの基部には、やはり自分がある種の曲がり角の時代にいる、小説というもの、あるいは文学そのものの曲がり角の時代にいるということに対する鋭い自覚があったと思います。マラルメの場合もまさにそうだったと思うんだけど、ただ、マラルメの場合とジョイスの場合と決定的に違うと思うのは、マラルメには仕掛けというのはないんですよ。

丸谷　うん、なるほど（笑）。

清水　仕掛けじゃないんだな。マラルメのあの非常に難解なシンタックスにせよ、おそろしく重層的な意味をもつ言葉にせよ、どこかでマラルメの生理的なものとつながっている。否定と反語の魔みたいな神経症的なものにつながっていると言ってもいい、あるいは狂気とつながっていると言ってもいい、何かそういう感じがするんですね。

だから、無限に注釈もできるけれども、といって、いつでも、狂気というものがわからないという意味でわからなくなる。どうしてこうなるのか考えているうちに、こちらの脳髄がねじれてくるような感じになってくるんだけど、ジョイスの場合は、多分そういうことはないんじゃないか。ジョイス産業の方がはるかに健全に発展していく。いつでもジョイス産業株式会社の株は、健全な配当が行われていくという感じがするんです。

丸谷　だから、アメリカの三流大学のまことにくだらない凡庸な学者でも、一つや二つは何か寄与できるわけね（笑）。その点、ジョイスというのはじつに老獪ですよ。ダブリン方言でアーティストというのは詐欺師のことだそうですが……（笑）。

高橋　ジョイスの場合は、コルプスというか、書かれたものがあって、その書かれたものが、いちおう事実に即応してるわけだ。『フィネガンズ・ウェイク』でさえも、無数の川の名前を突きとめることができる。凡庸な学者でも、調べれば何か出てくる。これは、ジョイスを挟む形でマラルメとベケットを置くとよくわかると思うんです。清水君が神経症とか狂気と言ったけれども、マラルメもベケットも、言葉の背後には何もない。それに注釈をつけるとなると、虚無に対して注をつけるということで、これはこれで、いくらでもやれる。だからベケット産業もマラルメ産業も大変繁盛してるけれども、繁盛の仕方がジョイスとは違うのね。

丸谷 そうそう。それはやっぱり、ジョイスが持っている十九世紀イギリス小説および十九世紀フランス小説という、その二つのものの遺産の引受け方が非常に濃厚であって、うんと基本的なところにリアリズム小説があるせいで、だから、その材料を探すという形で、学者が何か発見ができるわけね。わりに俗悪な形での発見ができるんですよ。

高橋 本当は、それも仕掛けにはまってるにすぎないと思うんだけどね（笑）。ジョイスの仕掛けというのを突き詰めていくと、二重底、三重底ときりがなくて、これが仕掛けだと思ったものは、実はその仕掛けが崩壊していく過程にすぎない。つまり見つけたつもりが、さらなる幻滅となる。それもその仕掛けのうちに入っているんじゃないかな。『ユリシーズ』の非常に綿密な図式にしても、あの一日の一切を精密に組み立て直すことができるかのように書いてあるわけですが、それがまた幻想なのであって、立てた図式が完全には成立たないように、もう一つ仕掛けてあるんじゃないかという気がぼくはするのね。

言語への信頼

清水 そうかなあ……。いま高橋君の言ったことと少しずれるのかもしれないんだけど、ジョイスのああいう仕掛けは、恐らく『ダブリナーズ』あたり、すくなくとも「死者たち」あたりからははっきりしているような気がするんだけど、どうなんでしょう。ジョイスの中には、ずいぶん早い時期から、自分の読者をジョイス産業の中に呼び込む使命感まであったんじゃないかという気がするんですよ。

自分が危機の時代を生きていて、この危機の時代というものをみんなに考えさせる。だから、アメリカの変な学者が、『ユリシーズ』の一行に関して発見をするということも、実は巨大な人類の言語というものに対する、わずかな貢献を一つ差し出すだけの意味はある。そういう意味で、みんなを歴史の曲がり角の時代にたぐり寄せてしまおうという意識すらあったんではないかな。

丸谷　それは、ぼくはやはり両方の機能があると思うんですね。片方には、いまあなたがおっしゃったような、そういう非常にプラスの方向のものがあると思うんですよ。でも、片方には、フロベールのブヴァールとペキュシェという、何か非常に俗悪な二人組がいて、実にくだらないことを……。

清水　あの二人組自体は、凡庸だけど、それほど俗悪ではないんだ（笑）。

丸谷　まあとにかく、くだらないことを研究するでしょう。読者はあのブヴァールとペキュシェにされてしまうところがあるわけです。

清水　それはそうです。

丸谷　そこのところがね、ただし、そのブヴァールとペキュシェには、やはり無限の可能性が与えられてるわけなんだね。

高橋　僕は、ブヴァールとペキュシェには無限の可能性はむしろ与えられていないと思うんだけど、どうだろう。つまり、いかにあの二人の百科辞典を自力で編纂しようという情熱が虚妄であるかということを、残酷なくらいにフロベールはあばいたわけで、彼らのやってることは、ヒュー・ケナー流に言うと、十八世紀の啓蒙主義思想の到達したところのパロディでしょう。すべては百科全書一冊にまとめることができるという夢、それがつぎつぎに崩れていく。その『ブヴァール』の終ったところから、ジョイスは出発することになる。十九世紀後半のいわゆる言語の危機の徴候の一つが、『ブヴァール』であって、言葉ですべてを囲い込めるという幻想が崩れてゆくわけです。

言語の無力というか、意味するものとしての言語と意味されるものとが分離してくるという、「チャンドス卿症候群」というべきものが、もう『ブヴァール』あたりから始まっていて、それがサンボリスムにもつながるんだけれど、ジョイスはその問題の一つの引き継ぎ方を示したのだと思います。

特に『ユリシーズ』は、物を集め、それを言葉で名づけるということの可能性を、無限大に拡大してみせた。この展望でいうと、フロベールはペシミストで、ジョイスはオプティミストだということになるんです。

丸谷　フロベールが書いたとおりの『ブヴァールとペキュシェ』は、それは君の言ったとおりなんですよ。しかし、フロベールの書いた『ブヴァールとペキュシェ』を、もう一つジョイス風に視点をずらして把握すれば、そうすればいろんな可能性が出てくるという、そういう意味なんです。

高橋　同じ現象の陰画と陽画ということですね。ぼくの言っているのもそういうことです。

清水　ブヴァールを高橋君のように見ることはぼくは余り賛成しないんでね。たとえばブヴァールとペキュシェの二人が、史伝か何かを書くために歴史小説を読もうと言って、スコットか何かを持ってきて、二人で一所懸命読む章がある。読んでいるところの描写が実にいいんだなあ。ほんとに単純な読者が、一所懸命になって読んでいるというのがよく書いてあってね。それで、史伝だか歴史小説だかの方は書けないわけですよ。一所懸命あれこれと試みるんだけど、うまくいかない。

あの小説は、再びまた筆耕の生活に戻るという結末になるんだけど、僕は『ブヴァールとペキュシェ』を百科全書的な夢に対するアイロニーというふうに思えないのは、まず基本的に、作家はあるものをただただ批判し、パロディにするためだけに物を書くだろうかという疑いが一つある。もう一つは、フロベールのブヴァールの場合に、読むこと、写すこと、書き直すことの喜びみたいなもの、フロベールという作家主体に即して言えば、愚劣と苦行に耐えながら、読むこと、写すこと、書き直すことへの、いわばマゾヒストな喜びというのはあると思うんです。

あの二人は初めから筆耕者ですよね。それがいろんなことに手を出して、そのたびに本を取り寄せて研究して、本を書こうと思って、また最後に筆耕に戻るんです。

高橋 ぼくの説と必ずしも矛盾しないと思うけどなあ。

清水 いや、ブヴァールとペキュシェというあの二人は、読んで書き写すことがおもしろくてしょうがないわけですよ。それで結局、何も書けないということの背後に、言語にどっかりと信頼を寄せることのできない、しかもそれもチャンドス卿の場合とはずいぶんちがうフロベールがいるんじゃないか。

フロベールとジョイスをはっきり分けるのは、フロベールには言語への信頼がなくて、ジョイスには信頼があったと同時に、十九世紀後半以後の危機の時代においては、新しくつくるというよりは、読むことと書き直すことと写すことが、大事なんだという意識があったんではないか。

『感情教育』でも、フレデリック・モローというのはだめな人間のように初めから書いてあるんだけども、あの中で、フレデリック・モローが大作家になろうと思って勉強を始めるときに、読むことがものすごくおもしろいと言って一所懸命読んでるところがあるんですよ。フレデリック・モローも読む人なんだな。そこではっきりブヴァールにつながっているような気がする。

ジョイスがすくなくとも『若い芸術家の肖像』以降にやったことというのは、何だろう。すくなくともロマン派的な意味でのクリエーションというよりは、ぼくはほとんど写すことと書き直すことだという気がするんですよ。あるいは、読むことと書き写すことをとおしての、いわば第二の地平でのクリエーション。しかも、ジョイス産業のあの伝統の取り込み方には、母国語への信頼ではないけれど、言語そのものへの信頼があるんじゃないか。

高橋　今の話だと、マラルメはどこへ入るの？

一冊の本

清水　マラルメの場合、ジョイスと決定的に違うと思うのは、ひどく狭いところで、文字そのものを見つめていって、自分の作品に、何だかわからないものをどんどこどんどこ託していくというふうにして詩を書いてゆく。しかも、マラルメも、世界は一冊の本に終ると言っていながら、結局のところは、一冊の本じゃない。最後に、全く未完成に終った《本《ル・リーヴル》》の場合には、みんなが読んでみんなが聴くための台本をつくるわけですからね。全人類がそれを読みまた聴くことによって救われるような本を書こうとした。言語に対する関係はフロベール、マラルメ、ジョイスでは、何かすこしずつずれているように見えるけれど、マラルメが《本》に託した、かなりロマン主義的な夢想と、ジョイス産業において、『フィネガンズ・ウェイク』という、全人類史について書いた本を読み直すようにジヨイスが仕向けたというところは、かなり似ているような気がする。

十九世紀後半から、文学史と人類史が、ある種の危機の方に向っていったときに、そこから次の時代に行く方向というのを、ずいぶん似た形でマラルメとジョイスは見てたんじゃないか。

高橋 なるほど。読者にゲームを仕掛けたということが、単にいわゆる読者論のレベルではなくて、もっと世界史的レベルの企図があったということね。聖書に拮抗するというさっきの話も、この文脈で新たによみがえってきますね。

清水 聖書はまあ全人類によって、代々読まれているわけでしょう。それによってまあ救われているわけでしょう。それとほとんど同じことを、マラルメは非常に意識的に考えた。マラルメの《本》というのは教会のミサと同じ形で、みんなが読み、みんなが聴くためのもので、そいつをフランス政府に補助金まで出させて出版し、フランス全体でその本を読むという儀式を考えたわけですからね。

高橋 それは狂ってますね（笑）。

清水 まあ、そうとも言えますね（笑）。

高橋 いやまったくその通りですけど、ジョイスは、それを冷静に言ったわけだ。丸谷さん流に言えば、おれを読むための産業ができるべきだと。グーテンベルクのおかげでページ数が打たれた書物ができ、そのおかげでコンコーダンスができ、そのおかげで読者は心ゆくまで精読ができ、そのおかげでヘボ学者も論文が書ける、そういう活字書物文化の恩恵を、彼は非常に自覚的にとらえていた。だから、おれの書いた本を読むのに人は一生費していいはずだ、なんてことが言えるんですね。

清水　確かにマラルメでもラブレーでもジョイスでも、読んでいて腹が立つような論文があるんだけどね（笑）。でもね、全然考えを変えると、ぼくはこれはビュトールから学んだことで、ビュトールは、マラルメとジョイスの例から考えたんだろうと思うんだけれども、人類史と、あるいは人類言語史という、ものすごく巨大な歴史を考えた場合に、その中で、もしかしたら、ある単語のある意味について、ちょっとでも光を当てた人間というのは、大切な人間なわけですよ。すくなくともその人ははっきり存在理由がある。だから、そう考えれば、ジョイスは、本当にバイブルと同じ意味で、人類の救いのためのものをつくったんだとさえ言える。

高橋　もちろん、ちょっとスペリングをずらせば、バベルの塔だけどね（笑）。

清水　そうそう。まさにそうですよね。

高橋　全体がわからずに一つだけ石を積み上げて、そこで一生を終えたりする学者もいていいというわけか。

清水　だから、ラブレーもそうだし、マラルメもジョイスもまさにそうだけど、もう一度バベルの塔をつくってやろうと。

丸谷　バイブルとバベルの塔というのはプラスとマイナスであって、要するに似たようなものですね。考えてみれば。だからそうなるんでしょうね。

言葉の問題を少しぼく流に別の見方で整理してみますと、こういうことになるんですね。吉川幸次郎の『洛中書問』という本があるでしょう。あれをこのあいだ読み返したんです。翻訳論の部分はまことにくだらないものであって、ぼくはすっかり忘れていたくらいだった。だって、うんと簡単に言ってしまうと、学者が言葉について考えることができるから、翻訳というのは意味があるという説でしょう。でも、そんなことしなくたって、言葉は考えられるんでね（笑）。

清水　いい手段ですけどね。

丸谷　だから、手段の一つではあるし、学者にそういうふうに言って翻訳を勧めることは可能だけれども、しかし、翻訳をすべて学者がすべきだということにはならない。が、あの説でいくと、翻訳は学者によってされるべきであって、それ以外はおかしい、ということになりますよ。

あの翻訳論がおかしいというのは、川村二郎がすでに『翻訳の日本語』で言っていることで、ぼくもそのとおりだと思う。

その次のことも、川村がすでに指摘していることでなんですけれども、結局、たとえば「菊花」なら「菊花」という言葉を中国の清代の詩人が使う。その前には、唐や宋のいろんな詩人が使った「菊」のイメージがみんなまつわりついてくる。そういうのが本当の中国の詩の言葉の使い方だと、吉川幸次郎は言うわけです。この指摘は非常にすごいと、川村はほめるわけですよ。ぼくも実際そうだと思うんです。

ぼくが十九歳のころに『洛中書問』を読んでいちばん感動したのも、そこのところでした。

それで「菊花」なら「菊花」、あるいは「花」なら「花」という言葉が出されたときに、それまでの文学史による連想が全部まつわりつく形でその言葉を使うというのが、古典主義的な言語の使い方だと思うんです。

ぼくが『洛中書問』を読んで、あそこのところにひどく感動したのは、ぼくがそれまで読んでいた近代日本の小説の言葉の使い方と違う、真向から対立するものだったからでしょう。近代小説の言葉は、つまり物それ自体をあらわす言語であって、うんと極端に突き詰めて言えば、要するに自然科学の学名みたいなもんですね（笑）。ラテン語の学名でやれば一番話が簡単なような、まあそういうもんですよ。だから、いま新仮名遣いでは、桜なら桜を片仮名で「サクラ」とやるわけだけれども、あれは連想を排除するわけですよ。

そういう言語が、二つ対立して文学の言語としてあると思うんです。十代のぼくが、近代日本小説を熟読していながら、これはどうも言葉の使い方がほかの小説と違うよと思ったのは、永井荷風の小説だったんです。荷風の小説は、近代小説の言語で書きながら、しかも同時に古典主義文学の言語をところどころに配置して、さわりのところになると古典主義文学の言語でいくという仕組になっていました。

ところが、永井荷風のその両刀づかいの方法を、もっと大仕掛けに、もっとうんと複雑な形でやったのがジョイスの小説だと思うんですね。

彼は、近代小説の言語と古典主義文学の言語との、両方を、荷風なんかよりもずうっと複雑な形で組合せて、そうすることによって、人類の文学史における言葉の使い方を全部自分のものにしてマスターしようとした。そのことによって、人類史における人間の意識を全部自分の中に封じ込めようとした。そういうことが言えるんじゃなかろうか、なんて思ってるんです。

リアリズム言語と象徴主義言語

清水　いま古典主義的な言語とおっしゃったけど、確かに、たとえばエリオットが有名なエッセイで言ったようなかたちで、ある一行、ある一つの作品の背景に、それまでの全人類の全作品があるというのは、古典主義的言語と言えると思います。ただ、ジョイスとそれを簡単に結びつけられるんでしょうか。

そこではエリオットにあってジョイスにはなかった秩序志向、聖性志向が問題となると思うし、それを考えるために、ここでもう一度ラブレーとジョイスを結びつけることが有効なんじゃないか。

　ラブレーの場合は、目の前にギリシア語とラテン語から始まって、俗流ラテン語、教会の言語とか、地方の言語とか、未発達のフランス語とか、量的、質的に膨大な未整理の言語体系があって、しかも秩序志向や聖性志向なしに、そういうものを全部使ってやろうという意識でしょう。それは決して、古典主義的な言語観というんじゃないような気がする。

　さっきの話に多少ひっかけて言うと、ジョイスもマラルメも、唯一の本を書こうとした。と同時に、その中に可能な限りの多層的なものを言語の中に織り込もうとするんだけど、ジョイスの場合は確実に聖性志向はないと思うし、マラルメの場合も一見聖書の機能に似ていながら、結局、あの《本》を、散乱に終らせてしまうような内的力学が働いていた。

　自分の書く本が、ある膨大な言語の場みたいなものと向き合っているという意識、一冊の《本》、反・聖性志向という点でラブレー、マラルメ、ジョイスはすこしずつずれながら、しかし共通して古典主義的な言語観とはちがう、と言えるんじゃないでしょうか。

丸谷　そうね。だから、ぼくのさっき言ったことは、むしろ『ユリシーズ』までのジョイスにわりに妥当することであって、君のいま言ったことは、『フィネガンズ・ウェイク』のジョイスですね。

清水　ええ。

丸谷　『フィネガンズ・ウェイク』のジョイスは、古典主義の言語と近代小説の言語との抱き合せというよりも、もっと言語そのものの現象的な形態、あるいは基本的な形態、それをつかまえようとするところに、おりていったという感じがしますね。

高橋 『ダブリナーズ』も、一見、近代主義的・近代小説的言語と見えながら、逆に『フィネガンズ・ウェイク』から振り返ってみると、あそこにもポスト・モダンな言葉があるじゃないかという気がしてくるんじゃないでしょうか。

清水 ぼくみたいに日本語訳と仏訳でしかジョイスを読んでない者として、常々、専門の人に聞きたいと思ってたんですが、『ダブリナーズ』、あの言葉は何なんですか。フロベールとゴンクールの二人によってほぼ美的完成をとげたと文学史で言われている、リアリズム言語というのがありますよね。そういうものなんですか?

丸谷 『ダブリナーズ』は、いろんな文体が使ってありましてね。それで、一概に言えないんですけど、ぼくは、かなりペイターの小説の言葉づかいに近いような気がします。それで、韻文の富にずいぶん横目を使っている人間の書いた散文だという感じがします。単に写実主義小説とは割り切れないでしょう。

清水 英語原文では読んでいない全くの素人考えなんですけど、『ダブリナーズ』を読んで、それから『若い芸術家の肖像』を読んで、『肖像』の中でジョイスがいろいろと展開している文学論から考えると、あれは近代リアリズム言語じゃなくて、どう言ったらいいのかなあ、つまり、紅茶入れとか灰皿とかいう、単純なものばかり書いてるわけでしょう、一見は。だけど、それが、あそこでは不思議なことに、リアリズム言語とサンボリスムの言語が合体してるような気がするんです。

高橋　ぼくも、一応はそう言えると思う。丸谷さんの言ったペイターの言葉とフロベール、特に『三つの物語』なんかの文体がいっしょになっているような感じね。

清水　その似ているようなことのありようが、どうもよくわからないんですよ。

高橋　そう、まさにそこがいちばんむずかしい問題だと思うんです。つまり、リアリズム言語と見せかけて、実は象徴主義言語が忍び込ませてあるという、そのとらえ方だけで片づくかということ。

清水　片づかないと思う。とっても単純なこと言って、象徴、シンボルというのは、要するに割り符なわけで、一つのものの裏にもう一つあるわけでしょう。だけど、『ダブリナーズ』では、一つしかないでしょう。紅茶入れとか灰皿とかという品物が、実際に小説に描かれているかどうかわからないけど、そういう、何かその辺にごろごろしてるようなものをスケッチしてるみたいに書いてあって、裏に何もないわけでしょう?

高橋　裏に何もないのも、何かあるのもあるね。発電所のピジョン・ハウスという名に聖霊のハトがひそかに重ねてあるとか。

清水　スケッチ風の部分がずいぶんあるでしょう。あのスケッチ風の部分というのが非常に不思議な気がするんですよ。

高橋　丸谷さんの言った近代小説的言語、つまり、一切の象徴的なニュアンス、裏の意味を排除して、スペードをスペードと呼ぶ、という言い方ですね。それがル・モ・ジュストだというわけですね。しかし、同時に、どうもそれだけじゃないという気が絶えずするわけでしょう。といって、じゃあ、サンボリスム的な裏のシステムを見つけたつもりになると、それもまた落し穴だという気がする。

フロベール的ル・モ・ジュストでも、サンボリスム言語でも割り切れないような、何か第三の声みたいなもの、それをヒュー・ケナーはたしか、第三の声とは言わないで、それこそ活字としての言葉を並べかえる 'the Arranger' の存在だと言ってますけどね。

つまりジョイスまでの小説では、常に語り手の声がすべてを支配している。どういうテクニックであろうと、語り手というのが遍在する声としてあった。ところが、ジョイスになると、その声が消えて、明らかにプリンテッド・ワードがみずからを並べかえ始めているのだ――そういうふうにとらえると、サンボリスム的言語も消えていくんですね。

丸谷　そういうふうに言いたくなる感じはある。あれは単に象徴主義と言っても、何だか少し違うような感じがあって、それをまだ、いままでうまく言った人、いないんじゃないか？

高橋　ジャン＝ミシェル・ラバテとか、若手の批評家たちが、何とか言おうとしてますけどね。

とにかく、ニュー・クリティシズム風な象徴主義言語はもう古くて、『ダブリナーズ』でさえ、'deconstruction' 的に読めるはずだという気はぼくでもします。

清水　ぼくも何だか『三つの物語』に似てる……うまく言えないんですけどね、ちょっと似てるんじゃないか。恐らく読んでたでしょうからね。

丸谷　それは読んでたでしょう。熟読したでしょう。

清水　『三つの物語』のなかでも、特に例の「純な心」とか「サン・ジュリアン」なんか、いま高橋君が言ったように、活字としてあって、さらにフロベールの場合には明らかに音を考えているんだけど——あの人は必ず書きながら朗読してみる作者ですから。

フランス語というのはもともと、英語やドイツ語に比べると、単語がとっても独立した言葉なんです。単語の粘着力が乏しいわけですね。そういう独立した言葉がお互いにカチカチカチカチ鳴ってるようなスタイルというのが、『三つの物語』においてはっきり完成してるし、『感情教育』でも、何でもない一行にそういうのがみごとにある。こういうところにきっと苦労したんだろうと思うんです。『ダブリナーズ』の場合に、一方ではそういうフロベールを意識しているだろうと思うし、もう一方では、例の『肖像』の中で、日常のパンがそのまま光り出すというふうな言い方をしていることね。裏は何もないんだけども、「灰皿」という言葉が光り出しちゃうというふうなことまでねらっているんじゃないか。

丸谷　まあ、それがエピファニーってやつなんだろうなあ。
清水　でしょうねえ。
丸谷　ぼくは、あのエピファニーという概念が、どうも何だかよくわからなくてね（笑）。何だかありがたいようで。
高橋　エピファニーというのは、世紀末文化・芸術のキー・ワードの一つじゃないかと思うんです。モローのサロメの絵から心霊術のセアンスの流行まで含めてね。ジョイスは、イェイツやA・Eのような先輩のそういう神秘主義的傾向を批判して、エピファニーという語からわざと宗教的・神秘的後光を抹殺して、認識論だか形而上学だかみたいな使い方をしてみせたんじゃないか、そうぼくは勝手に考えてますけれど。
丸谷　ええ。そういうふうに宗教を消してありますね。ところが、消すものだから、かえって別の宗教が出て来るでしょう。見セ消チみたいな仕組になってますね。

方法論的展開

清水　だけど、ああいう『ダブリナーズ』から、『肖像』ですでに変ってて、それから『ユリシーズ』までというのは、ジョイスの中ではどういう発展段階をとるんだろう。
丸谷　ぼくもその辺が昔から不思議でしょうがないんだな。つまり片方に、アイリス・マードックならアイリス・マードックでもいい、P・G・ウッドハウスでもいいんです、毎年同じような小説を書いて、しかもおもしろい、非常にすごいという、そういう小説家がいるでしょう。それから今度は、片方に、第一作だけが非常によくて、それ以後、第二作以後はぐんぐんだめになっていくという、そういう小説家もいるでしょう。ところが、第一作から第二作、第二作から第三作という調子で、方法論的に高まっていく小説家というのは、案外いないですよね。ほとんどジョイスだけじゃないかな、あんなふうに、論理的に方法が整然と高まっていくという人は。

清水　ビュトールはそのまねをしてるけど、ジョイスのように成功はなかなかしないですね。

高橋　ベケットもまねしてますよ。彼の場合は、わざとジョイスとは逆に、一作ごとに材料を貧しく切りつめていくんですが、ベケットは幸か不幸か、体が丈夫で、なかなか死なない（笑）。それで、アキレウスが亀に追いつかないみたいに、ゼロになりそうでならないものを書き続けているわけです。

清水　書くことだけがなくなっていくわけだ（笑）。

丸谷　その問題が案外大きいのね。それから、やはりジョイスは、何といっても作品数がすくなかったからね。それで、段階的にきちんとたどることができるようになる。

それから、ジョイスがあれだけのことをやってしまったから、あの後の人は大変ですからね。とにかくジョイス以前にああいう種類の、段階的に整然と展開することをやった小説家はいなかったわけでしょう。

高橋　多少とも似ている例があるとしたら、演劇のシェイクスピアと詩のミルトンくらいでしょうね。

丸谷　だから、十九世紀小説というものの、粗雑な生命力の豊穣さと対立することができる、そういう条件にあった。それを最初にやった人だというところが、すごいことでしょうね。

清水　あれは、だから、プルーストの方法とかなり似てるんでね。方法的な展開という点でね。そうですねえ、まあ……。

丸谷　どちらも、やはり作品数が、何といっても決定的にすくないでしょう。

清水　プルーストの場合も、確かに、一番初期から考えていくと、ほとんど方法的に一歩一歩進んでいったというところはありますね。

丸谷　似てますね。その点だけですよ、似てるのは。

清水　ええ。

丸谷　それはやっぱり、何といっても時期がよかったことと、作品数がすくなかった（笑）、この二つ。

清水　いや、プルーストは量がある。ページ数で考えたら多いですよ。

高橋　まあ寡作の丸谷さんが言うと、何か負け惜しみみたいな気がしないでもないけれどもね（笑）。ただ、ジョイスには、プルーストや丸谷さんと違って祖国を捨ててエグザイルになり、その後で、ダブリンについて書くという、そういう仕掛けあるいは賭けが可能だったたし、それを見事にやってのけたわけですが、もうひとつ、その書くべきダブリン、あの時代のダブリンという町が、ジョイスが書くのにちょうど適正な規模だったのが、幸せな歴史的めぐり合せだったと思う。

つまり、メガロポリスじゃないでしょう。前近代ではないし、確かにヨーロッパでいちばん最初に路面電車ができたというような意味ではいちおう進んだ大都市ではあるけれども、都市の内的共同体としての生命を保障する情報的親密さ、つまりうわさ話、ゴシップみたいなものが、まだネットワークとして統一的に機能できる規模の都市だった。

丸谷　そういう幸福を数え上げていけば、切りがないんですけど、でも、さっきの負け惜しみの話じゃないけれども（笑）、中学生のときに、中学の数学の先生がピタゴラスの定理を教えるときに、おれだってあのころに生れていれば、大数学者になれたって気がする、と先生が言うんだよ（笑）。それみたいなものだってことになってしまいますけどね。

高橋　そういう点でもう一つおもしろいのは、イプセンになぜあんなにジョイスがほれ込んでたかという問題ですね。われわれのイプセン理解、いわゆる近代リアリズム演劇で、もう完全に淘汰されたものという理解が間違ってるのか、それともジョイスの入れ揚げかたが何か誤解に基づいていているのか。

丸谷　ホジャートという男の『ジェイムズ・ジョイス』という本があります。これ、なかなかいい本なんだけど、副題に「スチューデンツ・ガイド」と書いてあるんで、非常に損をしてる（笑）。あれは、近来の総論的ジョイス論の中では出色のものだとぼくは思ってるんです。

その中に、『若い芸術家の肖像』を論じていて、これはスティーヴン・ディーダラスをロマンティックなヒーローとして考えるのは間違いなんだ、そうじゃなくて、これは浪漫主義的な芸術家をジョイスが嘲笑し、罵倒した、批判した、そういう小説だと考えるべきであるということを、しきりに言っています。

イプセンの『民衆の敵』もそうであったというんですね。民衆の敵ということになった孤高な男の権威を宣揚しているのではなくて、彼の滑稽さを笑ってるんだとホジャートは言っていました。

でも、ぼくは、そこは両面があって、玉虫色になってると思うんですよ。イプセンの場合にも、ジョイスの場合にも。『民衆の敵』の建築家、あれもやはり一面においてはまさしく民衆の敵である滑稽な存在であり、片方においては非常にヒロイックな存在である。それをイプセンは両方とも書いていると思うんですね。

スティーヴン・ディーダラスも、一方においてはまことにくだらない、だらしのない文学青年であり、片方においては、芸術家の栄光を十分に担っている、そういう存在なんだと思うんです。それをどっちにとっても読めるし、その両方が同時に存在する。そういうものが書ける方法を十九世紀の後半のヨーロッパ文学は獲得したんじゃないのかな。そういう

言語の多層化と女

清水　言葉の問題に戻りますと、ぼくみたいな素人がこんなとこに出てくるんで、少し勉強しようと思って、テル・ケル派のジョイス論というのを一所懸命読んで、よくわからなかったんですが、非常に妙なことを考えているんです。

なぜ『ダブリナーズ』みたいな小説を書いた人間が、『肖像』から『ユリシーズ』に移るか。はっきり小説の内部における言葉の作用の仕方が違っていくでしょう。単純に言えば、『ダブリナーズ』の言葉は多層的言語じゃないですよね。

高橋　まあ、いちおう同意しておくことにして……（笑）。

清水　さっき、きみが挙げた発電所が何かのシンボルだというのは、多層的言語というものとはすこしちがうんだから。

丸谷　われわれが今日、リトロスペクティヴにさかのぼって見ると、萌芽になる要素は発見できるけれども、しかしそれは、後期の小説を手がかりにして見るから、萌芽だということがわかるので、後期の小説がなくて、『ダブリナーズ』だけだったら、多分わからないでしょう。

清水　それで、なぜそういうふうに変ったのかというと、平野謙流の伝記批評的な意味ではなくて、女じゃないかという気がしたんです。
高橋　事件の陰に女あり？
丸谷　女を捜せ、だ。
清水　フィリップ・ソレルスという作家がジョイスに入れ揚げに入れ揚げましてね、自分の率いている雑誌でジョイス特集を蜿々とやり、自分でも長広舌をふるい、仲間にも論じさせ、同時にソレルスは、『楽園』という、全く『フィネガンズ』というか、あるいはモリーの独白みたいな小説をずうっと書いていて、あげくの果てに、デイヴィッド・ヘイマンが『テル・ケルにおけるジョイス』という論集を一冊出すにまで至ったんです。
　そのジョイス論の中では、「猥褻と神学」という長い対談が一番おもしろい。
　その「猥褻と神学」によると、ジョイスは同じ一九〇九年に、たしか二度ダブリンに行ってるんですね。そのときダブリンから、女房ノーラにあてた、二通の猥褻の極の手紙というのを、とても重要視している。
　それからマルタ・フライシュマンとかいうガールフレンドというか、恋人がいて、それからもう一人、『ジャコモ・ジョイス』のもとになった何とかというイタリア娘がいるようですね。
　単純に言ってしまうと、ソレルスは、『ユリシーズ』の中に出てくる例のお母さんとの関係に注目して、カトリックを捨てたジョイスを、しかしカトリックに骨がらみになっていたと捉える。ジョイスは猛烈な抑圧下にあったその抑圧をそのまんま書くということにおいて言語に転移したのが、たとえばノーラに対する手紙だった。

そこから考えると、言葉を多層的に使うことで、つまり自分の中の巨大な抑圧を多層的な言語へと転移することで、これまでの近代小説とは違うものを書くことができてたんじゃないか、ソレルスたちの難解な評論を読んでいるうちに、そんなことと思いついたんです。

確かに、『ユリシーズ』と『フィネガンズ・ウェイク』に一番近いものというと『ジャコモ・ジョイス』で、あれは、書いたのはたしか一九一三年ぐらいでしたね。どうもそこのところではっきり違ってきている。

ソレルス一派は、ラカンなんかを援用して、きわめて難解なるジョイス論を展開しているので、簡単に仕込みをしようと思っても、とってもできないようなことばっかり書いてるんですけど、『ジャコモ・ジョイス』以後のジョイスを読んでいくときに、フロイトじゃなくて、言葉を手がかりにするラカン的な精神分析の方がかなり有効らしいということと、『ダブリナーズ』、『肖像』から『ユリシーズ』あるいは『フィネガンズ・ウェイク』に移っていくということは並行している。そこの要《かなめ》に女がいたんじゃないか。

高橋　その線は面白くなりそうだなあ。女と言えば、『亡命者たち』という芝居がありますね。去年百年記念として東京で本邦初演をやりましたけれども、あれなんかは、いまの話に出てきたような、抑圧されたものを多層的な言語に変えるのに失敗した作品ということになるんじゃないかしら。イプセンの影響の悪いところばっかり受けたというか。

丸谷　そうですね。

高橋　まるで自分の中の言語の一番活性化しない極を、一度突き詰める必要があったといわんばかりですね。よほど良い演出家が現われれば別かもしれませんが。

黙読と音読

丸谷　『亡命者たち』という芝居を読むと、この人の言葉の使い方というのは、結局肉声による言葉、朗読による言葉ではだめなんだという感じがしてしようがないんです。朗読というか、セリフ、生身の人間が出てきてセリフを言う言葉ではだめなんで、活字それ自体でいかないとだめなんじゃないか。

高橋　そう、あれは劇作家の言葉じゃないですね。シェイクスピアはもちろんですが、ラシーヌでも、いかに美文でも、やっぱり音声化されるようにできているという気がするでしょう。『亡命者たち』のセリフは、一種の名文ずくめなんだけども、音声にならない。むしろ、あれならば、『ユリシーズ』の「ナイトタウン」の場面の方が、よっぽどみごとな現代劇になってるでしょう。

丸谷　そうそう。そういうところから言って、どうもジョイスという人は黙読による小説家なんじゃないかと思う。

清水　でも、それとジョイスの歌好きというのはどうなんですか。

丸谷　そこがよくわからないんだけれども、ただ、歌の場合には、会話の場合と条件が違うわけですね。また、ずいぶん時間も長くなるわけだし、そこで違ってくるんじゃないかと思う。去年のジョイス祭で、六月十六日にアイルランドから女優さんが来てモリーの独白を演じたでしょう。ぼくは聞かなかったけれども、高橋君の説によると、音になると実につまんなくなるということだったでしょう？

高橋　いや、よくわかりすぎて、つまらないくらいだったということです（笑）。

清水　でも、その一方では、ジョイスは『フィネガンズ・ウェイク』を朗読してるでしょう？

高橋　読めばわかるんだという言い方もしていますね。でもぼくは、その点は例によって彼が仕掛けた落し穴だと思うな。つまり『フィネガンズ・ウェイク』のある意味の層というのは、朗読によって確かにはっきり浮び出る。しかし、それですべてのはずはないんであって、裏の裏まで読むための誘い水にすぎないですね。

丸谷　スペリングの操作によって意味を理解させるという仕組が、かなりあるんですね。あれは確かに字で見ただけではわからなくて、声に出してみると、なあんだと言ってわかるところもあるんです（笑）。

高橋　だから、黙読と言っても必ずしも、内的に音にしないという意味じゃないんだね。内的には、絶えず音声化される必要があります。

丸谷　音にしなきゃならない。しかし、同時に、目で見ていないと、多層的な意味をあれだけ追っていくことはできない、そういう仕組ですね。それで、ぼくはここが、フロベールの朗読好きとジョイスの小説とは、少し違う仕組なんじゃないかと思う。

清水　違いますね。フロベールの朗読好きは、あれは小説の文章そのものから、チェロかヴィオラみたいな音が出ればいいという風な感じなんです。だから、わりに仕掛けは単純だという気がしますね。

高橋　ディケンズの朗読好きとも違いますね。

丸谷　そうそう。ディケンズの場合には、全部朗読されて、それで意味がそのとおり伝わる、そういう文章だったわけでしょう。

高橋　全知の作者がいて、その人が読む話ということで、小説の構造に見合ってるわけですね。ジョイスの場合は、そういう全知の声というのはないわけです。

丸谷　そうですね。だから、ディケンズの場合には、三遊亭円朝なら円朝、そういう人と、次元はほぼ同じだったでしょう。ところが、ジョイスの場合には、やはりひとりで黙って密室で字を見て読まない限り、あの世界は追うことができないでしょうかね。

高橋　確かに声が聞えてくるんだけども、どこから聞えてくる声かわからない声、それに一つじゃない声ね。

丸谷　ああいう荒涼たる感じというものは、それまでの小説は持ってなかったものですね。

高橋　荒涼たる感じ？　でも、ある意味じゃ豊穣そのものでしょう？

丸谷　うん、そうそう、そうなんですよ。でも、非常に孤独なもんでしょう。

清水　『フィネガンズ・ウェイク』ですか？

丸谷　『ユリシーズ』、『フィネガンズ・ウェイク』、みんな大変孤独なもんだという気がするんです。ただ、その孤独の総和というものをジョイスは念頭に置いてはいるでしょうけどね。

高橋　でも、すくなくとも、たとえばベケットのような自閉症的な孤独とは違うでしょう。

丸谷　そう。

高橋　何か宇宙論的な多層性があるでしょう。

丸谷　だから、あのベケットの小説の自閉症的な孤独というものを破壊するためには、劇場が必要なんだね。どうもぼくは、あの人は小説家よりは、劇作家としての方がいいような気がしますがね。

高橋　最近の彼の劇は、劇場をも自閉症的空間にしちゃうというところがありますけど、またベケットはともかく、ジョイスの線で言うとどうなんですか。小説は行きどまりになったのか、それとも開かれたのか。

小説論としてのジョイス論

清水　小説論の方に持っていって、丸谷さんから少し聞きたいと思うのは、『ユリシーズ』という小説は、何と言ったらいいんだろうか、バルザックは、小説は細部からできているという名セリフを吐いたけれども、まさにそうでしょう？

丸谷　そうですね。

清水　ヌーヴォーロマンが出たときに、ストーリーのない小説なんていう話がさんざん出たけれども、それは明らかに『ユリシーズ』がもう実現しちゃったものですよね。

丸谷　そうです。あれの部分的応用ですね。

清水　で、『ユリシーズ』は……一度、昔、通読して、最近あっちこっちポコポコと、いろんなページを読んだりすると、非常にグローバルな意味で、最初の方と後ろの方が響き合ったりしているという意味での、ある種のディアクロニーというかな、一直線ではないけれども、線として、つながっていくというのはわかったような気がするけども、でも、やっぱりあれは、フロベールから始まって、ゾラで完成するような場面場面だけで小説を書いて、全体的にはほとんど筋なんかどうでもいいという小説とも違いますね。もっと細部だけですね。

丸谷　ええ。

清水　あんなに細部だけの小説というのは、あの前にはないですね。同時代のプルーストは幾らかそういうところがありますけど、でも、あれは全体として非常にはっきりした筋があるわけだし。

高橋　ばかみたいに素朴な質問ですが、『ユリシーズ』であれだけ物語性というものが否定されてしまった後、小説家はどうすれば書けるんですか。

丸谷　だから、みんな困ってるわけですよ。それは、後輩作家に対する困らせ方という点では、ジョイスはすごかった。

しかし、別の言い方をすると、いままでのジョイス論というのは、ジョイスを伝統的な小説からどれだけ遠ざけるかということに力がかかっていたような気がするんです。乱暴に言えばね。

それで、ぼくはそうじゃなくて、伝統的な小説にどれだけ近づけることができるかという方向が残されているという気がして、ぼくの去年書いたものなんかは、わりにそういう線だろうと思うんです。

一体に、最近のジョイス論の――言語論としてのジョイス論じゃなくて、小説論としてのジョイス論というのは、わりにそういう方向になってるんじゃないでしょうか。

高橋　『ユリシーズ』が、仮に物語性を否定したとしても、やっぱりおもしろいことは間違いない。そうすると、そのおもしろさは、伝統的小説の物語がおもしろいというのと、違うのかどうなのかということです。

丸谷　そうです。簡単に言ってしまうと、ホメロスの『オデュッセイア』が枠であったと言われていると。それは全く単なる入れ物にすぎないのか、あるいはそうじゃなくて、ブルーム夫妻とスティーヴン・ディーダラスの三角関係というものは、実際にどういうふうに成立するのかということですね。

　それで、まああの三角関係は、現実としてはなかったというのが僕の説なわけですよ。ところが、エンプソンに言わせると、そういうことを考えるのは、ジョイスを倫理的に、スティーヴン・ディーダラスつまりジョイス自身を、立派にしたいという俗物的な発想であるということになりましてね。

　エンプソンて人も、日本の文壇批評みたいなとこがあるんですね（笑）。本当に、ジョイスとスティーヴン・ディーダラスは一体だと考えたいんですよ、あの人は。だから、つまり、セクシュアリティの好きな平野謙、みたいなことになるんだなあ（笑）。

それでね、エンプソンは、ジョイス崇拝が倫理的にこり固まると、自分のこういう考え方に反対するようになると言うんです。スティーヴン・ディーダラスは、確実にあれ以後、モリー・ブルームと寝るんだという考え方なんですよ。ぼくはちょっとねえ……。

高橋　そういうふうに、物語を読者が勝手に編み上げるのも、ジョイスの仕掛けの一つじゃないんですか（笑）。

丸谷　そう、エンプソンみたいに断定はできないと思うんですね。どうなのかがわからないところで終ってる、その現実の不可知性というのか、両義性というのか、そこのところをうまく『ユリシーズ』はとらえているわけでしょう。どっちでも解釈がつくようなところで終ってる、それが、さっきホジャートの説を紹介しながら言った、スティーヴン・ディーダラスの二面性と、ちょうど見合うんじゃないかと僕は思うわけです。
　もちろん、ブルーム夫人と寝ないのが崇高な芸術家という意味じゃないですよ（笑）。

言語的条件

清水　それはわかりますよ（笑）。『ユリシーズ』を小説として考える、あるいは小説論という、すでにある歴史を持った全体の中に『ユリシーズ』を置いて考えだすと、いまのフランスからぼくはいつも見ちゃうんだけど、いまのフランスはひどい状況になっちゃって、まず小説論というのがないんですよ、ほとんど。学者の小説論はあります。かなり文芸批評家的な要素を入れながら、バルザックをもう一度読み直して、バルザックの小説はどうだこうだというふうな論文は無限に出てきますけど、現場とつながってる小説論というのはなくなったという感じがするんですね。
　他方でフランスにおけるジョイス理解は、いまや、要するにエクリチュールとセクシュアリティの問題とか、深層からいかにしてエクリチュールが出てくるかということばっかり言ってるわけです。

そこでもう一度、じゃ、『ユリシーズ』という小説は何なのかなと考えてみると、こんなこと言えませんかね。いまの、ブルーム、モリー、ディーダラスの三角関係というのは、ほとんどある意味では、人類の基本的な関係ですね。

それから、さっき『ユリシーズ』という小説は細部ばっかりでできていると言ったけど、あんなものでもおもしろいのは、一つはなぞ解きのおもしろさがあるけども、もう一つは、その細部がひどく人間的でしょう。ものすごく人間的ですよね。

そうすると、『ユリシーズ』という小説が小説論的にどういう位置にあるかというと、これはある意味で現代小説の行き方にも関係するのかもしれないんですけど、もうストーリー的なものはほとんど書けない、あるいは書きにくい状況になった現状において、細部と全体の構図だけに人間的な真実を預けてしまう。全体的な構図は、これはもう人類の根本問題を扱っていると。

丸谷　それでまた、ホメロスに預けてしまう。極端に言ってしまえばね。

清水　そうそう。それから細部は、これこそ小説家の腕と目なんだけど、人間的真実に満ち満ちていると同時に、もう一方では、あの奇っ怪なる言語ですね。要するに、言語のあらゆる層を見きわめることが人間の情念を見きわめることにもなるという形で、細部に対する読者の人間的な関心を、言語に対する操作によって、さらに細部の方に寄せていく。

その二つの形で、ストーリー性によらないで、なおかつ、おもしろい小説を書く道というのをジョイスはやった。これしかないとはもちろん言いませんけど、そういう方法は確かに十九世紀小説以後の現代小説においては、ずいぶん有効な方法じゃないか。

丸谷　でも、フランスのジョイス論が言語問題にひたすら集中するというのは、やはり必然性があるような気がするんですね。さっきあなたがおっしゃったことだけれども、ジョイスという人の書くものは、いつも言葉と世界の関係というようなところが出発点であって、しかも、常にそれが到達点であるという仕組で行っていたと思うんです。

あの人は、生れの条件がそういう点で恵まれていて、イギリス人ではなくて、英語で育った。自分の国の言葉であるゲーリック、これはほとんど知らない。それから英語、これはよくできる。しかし、その英語が、方言的英語である。それからイタリア語、これはオペラの言葉として、最初からずうっと親しんでいたし、ダブリンの人たちがみんな親しんでいる言葉である。ということがあって、言語的な条件に実際的に恵まれていた。それで、言葉ということを最初から考えるしかなかった。しかも言葉に対する感覚が非常に強かったわけですね。そういう人が小説家になろうとしたときに、言葉と世界との関係というものを、うんと突き詰める形で小説家的経歴をはじめた。

それから、あの人がことによかったのは、自分が世界を認識するということと、言葉による認識ということとが、これは『若い芸術家の肖像』の初めの方から類推するしかないわけだけれども、子供のころから、敏感なたちだったんですね。それで、自分の中に言葉というものが成立していく過程、それがとてもおもしろくて、それが原体験だったんでしょう。

小説家の原体験というのはいろいろあって、子供のときにいじめられた体験とか、母親を失った体験とか、そういうのだけが小説家の原体験であるように、伝記ではよく言うでしょう。ところが、そうじゃなくて、言葉と自分との関係、あるいは言葉と世界との関係、それが原体験であるような小説家もいるんですね。

高橋 長じてからの「亡命」にしても、結局、言葉と自分と世界の関係を突きつめるための必死の賭けだったでしょうね。『フィネガンズ・ウェイク』だって、「言葉の遊び」が「命賭け」になっている。清水君が言った小説の可能性も、方向はどうであれ、こういうジョイス的「遊び＝賭け」からしか出てこないということではないでしょうか。

あとがき

里見弴対談集『唇さむし　文学と芸について』の『いろんなことをするから人生』（それがこの『文学ときどき酒』にもはいつてゐる）の末尾に、里見さんはかう書き添へてゐる。

初対面のくせに二人ともよく勝手なことを喋つているものだ。それ以来、一度も会つていないということもちよつと考えにくいが、それがお互いの生まれつきなのだろう。

十年の知己のように勝手なことを言い合つているかとおもうと、それつきりで、多分もう会う機会が無いんじやないかな、……それでいいんだろう。

わたしがこれを読んだとき、里見さんはもうこの世にゐなかつた。たまには遊びに来いと言はれてゐるやうで、何か申しわけのない気もしたが、しかしこれでいいのだと思つた。

そのへんのところを説明するのは面倒だが、文学者のつきあひは書いたものを読めば充分なので、会つて話をするのはオマケのやうなもの、と言へばわかりやすいかもしれない。もちろん里見さんはわたしの書いたものなどほとんど読んでゐないはずだが、こちらは子供のころから愛読者だつた。さういふ意味では「十年の知己」どころではない人と面談して、魅力的な人柄に接するのはじつに楽しかつたけれど、しかしこれだつてやはりオマケといふ気がする。つまり、これでいいのである。

もつとも、今まで言つたことと矛盾するかしないか、よくわからないが、里見さんの好きな外国作家がゴーリキーであることや、『荊棘の冠』とジッドとの関係を聞き出したときはずいぶん嬉しかつた。里見さんから聞いたことに限らず、その種の思ひがけない情報はこの本にかなり含まれてゐるはずで、これはすこし威張つていいことかもしれない。

しかしそれにもかかはらず、情報なんてものは、わたしに言はせれば末の末である。対談集でいちばん大事なのは、複数の文学者が一座したときの言葉づかひで、これは対談集や座談会以外のどこででも見ることのできない文学的表現だらう。わたし自身の話し言葉は読み返してみてもあまり感心しなかつたが、それを別にして言へば、ここにはおそらく現在の日本語の最上の話し言葉があつて、それを駆使して中身のあることが語られてゐる。アメリカ人であるキーンさんの上手な日本語をも含めて、そこのところを味はつていただけたらと思ふ。

『文学ときどき酒』といふ題なのに、どこでどういふ具合に酒を飲んでゐるか示してゐないのは心残りだが、（笑）と書くのと同じ呼吸で（酒）と途中に入れるのは、やはりをかしいだらう。第一、吉田健一さんの場合なんか、とてもその煩に堪へないのである。

一九八五年七月二十五日

丸谷才一

初出誌一覧

『読むこと書くこと』昭和四七年一二月号「波」
『小説のなかのユーモア』昭和四七年九月号「三田文学」
『本と現実』（『文学の核心』改題）昭和五五年一一月号「すばる」
『倚松庵日常』昭和五二年三月号「カッパまがじん」
『いろんなことをするから人生』昭和五二年五月号「カッパまがじん」
『吉田健一の生き方』昭和五二年一〇月号「海」
『源氏物語』を読む（『源氏物語』改題）昭和五五年四月号「マダム」
『花・ほととぎす・月・紅葉・雪』昭和五四年二月号「諸君！」
『エズラ・パウンドの復権』昭和四七年一一月号「ユリイカ」
『ジョイス・言葉・現代文学』昭和五八年六月号「英語青年」

対談者紹介（目次順）

吉田健一（よしだ　けんいち）
明治四五年（一九一二年）、東京生まれ。評論家、英文学者、小説家。著書に『シェイクスピア』『ヨオロッパの世紀末』『瓦礫の中』『日本について』ほか多数。昭和五二年（一九七七年）没。

河盛好蔵（かわもり　よしぞう）
明治三五年（一九〇二年）、大阪生まれ。仏文学者、評論家。著書に『フランス文壇史』『パリの憂愁』『藤村のパリ』ほか多数。平成一二年（二〇〇〇年）没。

石川　淳（いしかわ　じゅん）
明治三二年（一八九九年）、東京生まれ。小説家。著書に『普賢』『諸国畸人伝』『紫苑物語』『江戸文學掌記』ほか多数。昭和六二年（一九八七年）没。

谷崎松子（たにざき　まつこ）
明治三六年（一九〇三年）、大阪生まれ。谷崎潤一郎夫人。随筆家。著書に『倚松庵の夢』『湘竹居追想』『蘆辺の夢』。平成三年（一九九一年）没。

里見　弴（さとみ　とん）
明治二一年（一八八八年）、横浜市生まれ。小説家。著書に『善心悪心』『多情仏心』『極楽とんぼ』『五代の民』ほか多数。昭和五八年（一九八三年）没。

河上徹太郎（かわかみ　てつたろう）
明治三五年（一九〇二年）、長崎市生まれ。評論家。著書に『私の詩と真実』『日本のアウトサイダー』『有愁日記』ほか多数。昭和五五年（一九八〇年）没。

円地文子（えんち　ふみこ）
明治三八年（一九〇五年）、東京生まれ。小説家。著書に『ひもじい月日』『女坂』『朱を奪うもの』『傷ある翼』『虹と修羅』三部作ほか多数。「源氏物語」の現代語訳にもとりくみ、『円地文子訳源氏物語』として完成。昭和六一年（一九八六年）没。

大岡　信（おおおか　まこと）
昭和六年（一九三一年）、静岡県生まれ。詩人、評論家。詩集に『わが女に』『春　少女に』『水府』『故郷の水へのメッセージ』、評論に『蕩児の家系　日本現代詩の歩み』『紀貫之』、『折々のうた』ほか多数。

篠田一士（しのだ　はじめ）
昭和二年（一九二七年）、岐阜県生まれ。英文学者、評論家。著書に『世界の十大小説』『日本の近代小説』『日本の現代小説』『三田の詩人たち』、訳書にフォークナー『アブサロム　アブサロム!!』、ボルヘス『伝奇集』ほか多数。平成元年（一九八九年）没。

ドナルド・キーン
大正一一年（一九二二年）、ニューヨーク生まれ。日本文学研究家。古代から現代文学まで、幅広く日本文学を欧米へ紹介した。著書に『日本人の西洋発見』『日本との出会い』『百代の過客』『日本文学史』『明治天皇』ほか多数。

清水　徹（しみず　とおる）
昭和六年（一九三一年）、東京生まれ。仏文学者。著書に『書物について―その形而下学と形而上学』、訳書にビュトール『時間割』、デュラス『愛人』ほか多数。

高橋康也（たかはし　やすなり）
昭和七年（一九三二年）、東京生まれ。英文学者。著者に『エクスタシーの系譜』『S・ベケット』『ノンセンス大全』『道化の文学』『ウロボロス』、訳書にベケット『マロウンは死ぬ』『ワット』ほか多数。
平成一四年（二〇〇二年）没。

解説

菅野昭正

対談や鼎談を読む愉しみは数々あるが、予想もしなかった思いがけない話題にふと出会ったときが、なんといっても最高である。べつにあからさまな奇談・珍談のたぐいである必要はない。一見、片々《へんぺん》たる些事であろうとも、俎上にのせられた人物なり問題なりの大事な一面が、いきなり照らしだされたと思える瞬間は確かにある。読む側からすれば、不意を打たれる愉しみである。けれども実際のところは、このいきなりは天からひょっこり降ってくるものではない。対談や鼎談の当事者、とくに聞く側に廻ったホスト役の話の運びかた、引きだしかたによって生まれるのである。

第二の愉しみは対談・鼎談の場の息のあった雰囲気を読みとること、あるいは想像することである。刺々しい争論がむきだしに表だったり、二人ないし三人の高見卓見が平行線のまま、不毛に終わる対談・鼎談の例も世にはめずらしくない。だが、それとはまさに正反対、考えが微妙に異なっていても、たがいに相手の言葉にきちんと聴きいる姿勢が、目のあたりに浮かぶ場合もある。そこではおのずから余裕のある言葉が交わされ、ユーモアと敬意が融けあった空気がただよう。それが読者を愉しませるのである。

これは雰囲気読みの変形ということになるが、話の合間に挟まれる（笑）の性質を推理するのも悪くない愉しみかたである。対談、鼎談、さらに座談会は諸外国でも行われているが、笑いまで記す行きとどいた心づかいがあちらにはない。（笑）は本邦独特の意味深長な慣習だが、（笑）と一口に言っても実際は一律ではない。それこそ十笑十色、爆笑、哄笑、微笑もあれば苦笑、失笑もある。そのあたりの機微を読みわけると、話の興趣にいっそう彩りが添えられるのである（この対談集でもそれは十分に楽しむことができる）。

『文学ときどき酒』で思いがけない話題に出会う愉しみの好個の例といえば、里見弴がゴーリキーを愛読したという思い出があげられる（それは丸谷さんの「あとがき」でも触れられている）。二つの名を結びつけたことは、私にもむろんなかった。生きる希望を絶たれた『どん底』の真摯な人物たちに、「まごころ哲学」を説くと評判された『多情仏心』の作者が共感したというのは、言われてみなければ、とても考えおよばない事実である。里見弴が往年の秘めたる愛着を明かすこの一幕は、対談者の上手な話の運びかたの引きだした貴重な成果といって差しつかえない。

思いがけない逸話《エピソード》をもう一例。昭和の初年代、当時、西洋ふうモダン風俗の先端とみなされていた銀座・資生堂パーラーで、同席した横光利一がこの店の「どこが気に入ってる」か尋ねたところ、吉田健一は平然と「日本的だから」と答えたという。吉田氏が多年イギリスに学んで体得した知見を知っている者にとって、この答えそのものは不思議でもなんでもない。だが、万事につけて新しがり屋であった横光利一は、この逸話《エピソード》をつたえた河上徹太郎によれば、「度肝を抜かれていた」と回想される。予期しなかった食いちがいの面白さが、そこから生まれてくる。

しかしこの面白さはいきなり降って湧いたのではなく、その前に「アウトサイダー」という話題を、対談者が先行させたところから生まれたものである。河上徹太郎の記憶はそれに誘導されたからこそ、掘りおこされたのだった。

「アウトサイダー」と書いたのにつれて思いだす恰好になったが、巻頭の吉田健一との対談「読むこと書くこと」の行間には、たいへん好ましい親密な雰囲気が溢れている。吉田氏が、日本の近代・現代の文学が人生の暗い面にばかり囚われるのに背を向けて（そこで「アウトサイダー」という言葉が結びつく）、文学とはもっと明るく闊達で自由な精神の活動から紡ぎだされると信じていた思考の機微を、対談者はよく承知している。そのあたりの気息の合った相互信頼と共感が、読む者を親密な雰囲気に誘いこまずにおかないのだ。そして視線をもうすこし深めると、文学と社会との関わりかた、文学を熟成させる文明という考察が、四角四面ではないゆとりのある言葉の遣りとりのなかから、うかがえるのである。それというのも、「ときどき酒」の程よさが、対話を活潑にしているのかもしれない。

某聖賢の教えに逆らうが如くに、江戸期の文物にあらわれる怪力乱神の系譜に主な焦点を合わせた石川淳との対談は、そのひろがりの方向に興趣がある。御霊信仰やら怪談やらシナの稗史やら、現実生活の追跡一本槍の偏狭を尻目にかけて、奔放自在な想像の世界に遊ぶ爽快さを語る言葉は、傾聴をうながす刺戟にこと欠かない。『至福千年』、『狂風記』など自作の作意の秘密にまで、話がおよぶのも読む者にとっては楽しい儲けものである。

巷間につたわる風説によれば、石川淳先生は口数きわめて少なく、しかも会話のはしばしに圭角少なからずと聞く。「本と現実」というこの対談にあっても、その気配はいくぶんか感じられないではない。が、あくまでもそれはいくぶんかであって、全体としてみれば石川先生が対談を楽しんでいると推量するのはむずかしくない。日頃から親交があってのことにはちがいないが、それよりもむしろ、ここでも対談の筋道を柔軟に作りだしてゆく対話者の能力が、結局は物を言っているのであろう。

十篇を収めるこの対談・鼎談集で際立った特色になっているのは、文学がひろびろと展望されていることである。『古今集』を筆頭とする王朝和歌、『源氏物語』など日本の古典から、エズラ・パウンド、ジェイムズ・ジョイス、サミュエル・ベケットなど二十世紀の西洋の文人まで、一筋縄でゆかない手強い相手の大事な要所が、話題に選びだされる。『源氏』はじめ昔の物語に埋もれて育った円地文子との対談では、文章の質の特性、ある細部と全体との関わりぐあい、理想的な宮廷男性像としての光源氏の陰翳等々、われわれが『源氏』を読むのに助けになりそうな問題が、体系的にではないけれど次々に繰りだされてゆく。『源氏』をむやみに聖域あつかいにするのではなく、二人が期せずして小説家らしい読みかたで、物語を内側から濃やかに読み解こうとする跡は、はっきり見てとれる（と書いて思いだしたのだが、丸谷さんは以前、大野晋との『源氏』対談で「実事」という古語を援用して、その有無を物語の表裏と関連づける興味ふかい読みかたを披露したことがあった）。

大岡信との対談においても、われわれ王朝和歌そのものにも王朝和歌に連なる伝統にも、かならずしも深く通じていない者にとって、啓発的な言葉の遣りとりに出会うことができる。王朝和歌の世界で植物・動物がどのような役割を受けもたされていたか、どんな植物・動物がとりわけ尊重されていたか、さらに和歌の歴史を通していかなる変遷が認められるか、口頭の遣りとりとは思えないほどの蘊蓄が開陳される。ときに時間を大きく飛躍させて、近代文学で白樺が一時的にせよとくに珍重された話題が、ふと浮かびあがるのも面白い。それは扨《さ》ておいて、ここで逸してはならないのは、古典的な歌集の構成の仕方が日本人の感性・心性の構造の基本につながっているのではないか、という所説が述べられていることであろう。また、和歌の伝統にあらわれる定型的な様式と、月並みと呼ばれる紋切型との微妙な関係についての言及にも、よく耳を傾けたい含蓄がこめられている。

ここで西洋の文学のほうに移ると、遺憾ながら率直なところ、エズラ・パウンドについて私にはなにひとつ語る資格がない。ジェームズ・ジョイスについてはそれより多少は増しで、あまり数多くない作品から作品へ、前衛の巨匠が文学的方法を多方向に深めていった道筋の輪郭ぐらいは、なんとか理解することができる。ジョイスをメイン・ゲストとする鼎談がめざましい成果をあげているのは、十九世紀後半から二十世紀前半にかけて（それはキリスト教への信頼が弱まってゆく時節でもある）、西洋の文学の伝統の基礎が大きくゆるがされて、能力の豊かな作者であればあるほど、新しい方向を探る難しい工夫を求められる時代であったという背景が、正確に見通されているからである。その上でジョイスの優れた衛星であるような作者（たとえばベケット）の仕事や、さらにまた新しい文学言語に議論がひろがってゆくのも見逃せない。いずれにしろ、この鼎談が二十世紀小説のもっとも重要な局面のひとつに、あざやかな照明を投げかけているのは確かである。

「読むこと書くこと」から「ジョイス・言葉・現代文学」まで、ここに収められた対談・鼎談十篇はすべて年月を経たものである。いちばん新しい鼎談でも二十八年前、古いものは三十九年の昔にさかのぼる。しかし、対談・鼎談で交わされる言葉は古色にちっとも染められていないし、それどころか現在の言葉として立派に通用する。その理由はもう書くにおよばないが、ここでは文学の根本のところに結びつく本質を、陰に陽にいつも見通しながら対話が進められるからである。

（かんの・あきまさ　文芸評論家、フランス文学者）

『文学ときどき酒　丸谷才一対談集』一九八五年八月　集英社刊

中公文庫

文学《ぶんがく》ときどき酒《さけ》
——丸谷《まるや》才一《さいいち》対談《たいだん》集《しゅう》

2011年6月25日　初版発行

著　者　丸《まる》谷《や》才《さい》一《いち》

発行者　小林敬和

発行所　中央公論新社
〒104-8320　東京都中央区京橋2-8-7
電話　販売 03-3563-1431　編集 03-3563-3692
URL http://www.chuko.co.jp/

ＤＴＰ　平面惑星
印　刷　三晃印刷
製　本　小泉製本

Published by CHUOKORON-SHINSHA, INC.
Printed in Japan　ISBN978-4-12-205500-1 C1195

中公文庫既刊より

各書目の下段の数字はISBNコードです。978－4－12が省略してあります。

ま-17-9
文章読本
丸谷才一
当代の最適任者が多彩な名文を実例に引きながら文章の本質を明かし、作文のコツを具体的に説く。最も正統的で実際的な文章読本。〈解説〉大野　晋
202466-3

ま-17-13
食通知つたかぶり
丸谷才一
美味を訪ねて東奔西走、和漢洋の食を通して博識が舌上に転がすは香気充庖の文明批評。序文に夷齋學人・石川淳、巻末に著者がかつての健啖ぶりを回想。
205284-0

お-10-3
光る源氏の物語（上）
大野　晋
丸谷才一
当代随一の国語学者と小説家が、全巻を縦横無尽に読み解き丁々発止と意見を闘わせた、斬新で画期的な『源氏論』。読者を難解な大古典から恋愛小説の世界へ。
202123-5

お-10-4
光る源氏の物語（下）
大野　晋
丸谷才一
『源氏』は何故に世界に誇りうる傑作たり得たのか。詳細な文体分析により紫式部の深い能力を論証する。『源氏』解釈の最高の指南書。〈解説〉瀬戸内寂聴
202133-4

ま-17-11
二十世紀を読む
丸谷才一
山崎正和
昭和史と日蓮主義から『ライフ』の女性写真家まで、皇女から匪賊まで、人類史上全く例外的な百年を、大知識人二人が語り合う。〈解説〉鹿島　茂
203552-2

ま-17-12
日本史を読む
丸谷才一
山崎正和
37冊の本を起点に、古代から近代までの流れを語り合う。想像力を駆使して大胆な仮説をたてる、談論風発、実に面白い刺戟的な日本および日本人論。
203771-7

シ-1-2
ボートの三人男
J・K・ジェローム
丸谷才一訳
テムズ河をボートで漕ぎだした三人の紳士と犬の愉快で滑稽、皮肉で珍妙な物語。イギリス独特の深い味わいの傑作ユーモア小説。〈解説〉井上ひさし
205301-4

ホ-3-2
ポー名作集
E・A・ポー
丸谷才一 訳
理性と夢幻、不安と狂気が綾なす美の世界——短篇の名手ポーの代表的傑作「モルグ街の殺人」「黄金虫」「黒猫」「アシャー館の崩壊」全八篇を格調高い丸谷訳でおさめる。
205347-2

フ-43-1
雪の舞踏会
B・ブローフィ
丸谷才一 訳
大晦日の仮装舞踏会で、現代のドン・ジョヴァンニとドンナ・アンナが出会う。モーツァルトのオペラを下敷きにした艶麗な恋愛小説。〈解説〉梅津時比古
205419-6

お-10-5
日本語はどこからきたのか ことばと文明のつながりを考える
大野 晋
日本とは何かを問い続ける著者は日本語とタミル語との系統的関係を見出し、日本語と日本文明の発展の歴史を平易に解き明かす。〈解説〉丸谷才一
203537-9

お-10-6
日本語はいかにして成立したか
大野 晋
日本語はどこから来たのか？ 神話から日本文化の重層的成立を明らかにし、文化の進展に伴う日本語の展開と漢字の輸入から仮名遣の確立までを説く。
204007-6

キ-3-1
日本との出会い
ドナルド・キーン
篠田一士 訳
ラフカディオ・ハーン以来最大の日本文学者といわれる著者が、日本文壇の巨匠たちとの心温まる交遊を通じて描く稀有の自叙伝。〈解説〉吉田健一
200224-1

キ-3-10
日本人の美意識
ドナルド・キーン
金関寿夫 訳
芭蕉の句「枯枝に烏」の烏は単数か複数か、その曖昧性に潜む日本の美学。ユニークな一休の肖像画、日清戦争の文化的影響など、独創的な日本論。
203400-6

キ-3-11
日本語の美
ドナルド・キーン
愛してやまない〝第二の祖国〟日本。その特質を内と外から独自の視点で捉え、卓抜な日本語とユーモアで綴る味わい深い日本文化論。〈解説〉大岡 信
203572-0

キ-3-12
足利義政と銀閣寺
ドナルド・キーン
角地幸男 訳
建築、庭園、生け花、茶の湯、そして能——日本人の美意識の原点となった東山文化の偉大な創造者として、将軍・足利義政を再評価する。〈解説〉本郷和人
205069-3

各書目の下段の数字はＩＳＢＮコードです。978－4－12が省略してあります。

キ-3-13
私の大事な場所
ドナルド・キーン
はじめて日本を訪れたときから六〇年。ヨーロッパに憧れていたニューヨークの少年にとって、いつしか日本は第二の故郷となった。自伝的エッセイ集。
205353-3

キ-3-14
ドナルド・キーン自伝
ドナルド・キーン
角地幸男 訳
日本文学を世界に紹介して半世紀。ブルックリンの少年時代から、齢八十五に至るまで、三島由紀夫ら作家たちとの交遊など、秘話満載で描いた決定版自叙伝。
205439-4

さ-55-1
木魂《こだま》／毛小棒大　里見弴短篇選集
里見　弴
小谷野敦 編
里見弴の真骨頂は短篇にある。『里見弴伝』を執筆し、その作品を愛してやまない小谷野敦が選んだ、中間小説的な、色気と俗気の匂い立つ十二の短篇。
205443-1

し-6-42
世界のなかの日本　十六世紀まで遡って見る
司馬遼太郎
ドナルド・キーン
近松や勝海舟、夏目漱石たち江戸・明治人のことばと文学、モラルと思想、世界との関りから日本人の特質を説き、世界の一員としての日本を考えてゆく。
202510-3

し-6-46
日本人と日本文化〈対談〉
司馬遼太郎
ドナルド・キーン
日本文化の誕生から日本人のモラルや美意識にいたる〈双方の体温で感じとった日本文化〉を縦横に語りあいながら、世界的視野で日本人の姿を見定める。
202664-3

た-31-1
倚松庵《いしょうあん》の夢
谷崎　松子
おくつきにともに眠らん日をたのみこのひととせは在り経しものを——谷崎潤一郎への至純の愛と献身に生きた夫人が、深い思いをこめて綴る追慕の記。
200692-8

よ-5-7
書架記
吉田　健一
手に馴染み慈しんだ数々の書物への想い——柔軟な感性と硬質な知性が織りなす〈書物〉本来の感触への案内状。読書家の為の十四篇。〈解説〉清水　徹
205473-8

B-18-26
私の食物誌
吉田　健一
おいしい食物が眼の前にならんだ幸福と食卓の愉しさを満喫させる、全国津々浦々にわたる美味求心の旅。独自の文体に香りが漂う。〈解説〉金井美恵子
204891-1